雨に濡れた天使

ジュリア・ジェイムズ 作

茅野久枝 訳

ハーレクイン・ロマンス

東京・ロンドン・トロント・パリ・ニューヨーク・アムステルダム
ハンブルク・ストックホルム・ミラノ・シドニー・マドリッド・ワルシャワ
ブダペスト・リオデジャネイロ・ルクセンブルク・フリブール・ムンバイ

BEDDED, OR WEDDED?

by Julia James

Published by Harlequin Japan, a Division of K.K. HarperCollins Japan, 2024

ジュリア・ジェイムズ

10代のころ初めてミルズ＆ブーン社のロマンス小説を読んで以来の大ファン。ロマンスの舞台として理想的な地中海地方やイギリスの田園が大好きで、特に歴史ある城やコテージに惹かれるという。趣味はウォーキングやガーデニング、刺繍、お菓子作りなど。現在は家族とイギリスに在住。

主要登場人物

リサ・スティーヴンズ……派遣社員。カジノのホステス。
グザヴィエ・ローラン……実業家。
アルマン・ブコー……グザヴィエの異父弟。
マデライン・ド・セラス……グザヴィエの恋人。

1

〈グゼル〉社の最高経営責任者にして会長、そして最大株主であるグザヴィエ・ローランは、本社のオフィスでコンピュータに向かい、メールに目を通していた。その中に、ロンドンにいる弟アルマンからのものを発見するや、グザヴィエの目は画面に釘《くぎ》づけになった。

〝彼女はまさしく夢の女性なんだ。プロポーズはまだだが、結婚するつもりでいる〟

グザヴィエは顔を曇らせた。エトワール広場を望む窓から、暗くなりつつあるパリの街並みや凱旋門《がいせんもん》を眺める。

すぐにでも帰宅してオペラを見に行く準備をしなければならない時刻だった。マデラインをエスコートし、オペラのあとは彼女の部屋へ行って楽しい一夜を過ごすつもりでいた。

グザヴィエが選ぶ女性の例にもれず、マデライン・ド・セラスもまた彼の求めるものを理解し、それを提供してくれる。華やかな社交の場では美しい同伴者として洗練されたふるまいを見せ、ベッドの中では奔放に喜びを分かち合う。

喜びといっても、彼にとってはあくまでも体の欲求を満たすためのもので、精神的なつながりを望んでいるわけではなかった。自分は感情に支配される人間ではないと自負していた。

僕はアルマンとは違う。

グザヴィエの表情がいっそう陰った。弟はいつだって感情に流されてしまう。

そのせいで、以前にも悪い女にまんまとだまされた。年老いた祖母を設備の整った療養所に入れたい、アフリカの孤児を支援するチャリティ基金に寄付をしたい、などといった話を真に受け、金を湯水のように与え続けたのだ。結局、グザヴィエの調査により、すべてアルマンから金を巻きあげるための嘘《うそ》だと判明した。

アルマンはひどく傷ついたものの、人を疑うよりも信じるほうを選ぶという性格は変わらなかった。

そして、今度は結婚すると言いだした。この〝夢の女性〟とやらはいったい何者だろう？　グザヴィエはメールの続きを読んだ。

〝兄さんに言われたとおり、今回は慎重に行動しているよ。彼女は兄さんや会社のことは何も知らない。わざと話していないんだ。あとでびっくりさせたくてね！　いろいろ問題はあると思う。でも、彼女が兄さんの考える理想的な結婚相手でなくてもかまわない。僕は彼女を愛している、それだけで充分なんだ……〟

グザヴィエは険しい顔つきで画面を見つめた。これはまずい。アルマンは相手が理想的な女性ではないと認めたうえで、それでも結婚したいと言っている。

頭の中で警鐘が鳴り響いた。もしこの女性が前と同じく腹黒い人物だったら、大変なことになる。結婚などしたら目も当てられない。

グザヴィエの祖父が創立した〈グゼル〉は高級ブランド品メーカーとして世界的な成功をおさめている。腕時計からスーツケースまで、その製品は富裕な著名人たちに愛用され、会社のロゴマークは社会的信用のあかしでもあった。

現在は、祖父の名〝ローラン〟ともども、グザヴィエが引き継いでいる。グザヴィエは幼いころに父を亡くしていた。

アルマンは父親違いの弟で、〈グゼル〉の重役として高給を得ている身だ。アルマンの父親、つまりグザヴィエの母の再婚相手であるルシアン・ブコーもまた、裕福な暮らしをしている。金持ちの結婚相手を探している女性にとって、アルマンは格好の標的というわけだ。

アルマンが結婚しようとしている相手も、金目当ての可能性がある。アルマン自身はそう考えていないようだが。

メールはこう締めくくられていた。

〝兄さん、どうか僕を信じてくれ。自分のしていることはわかっている。何があっても僕の気持ちは変わらない。今回は口出しをしないでほしい〟

グザヴィエはため息をついた。信じたいのはやまやまだが、もし弟が間違っていたら？　またも悪い女にだまされているのだとしたら？

いずれはアルマンが悲しむ羽目に陥るし、無駄な金を使うことにもなる。

そんな危険は絶対に冒せない。アルマンの幸せを考えるならほうってはおけず、相手がどんな女性か調べる必要がある。

グザヴィエはデスクの電話に手を伸ばした。会社の警備部に命じてしばらくアルマンを監視させ、相手の女性に関する情報を得ることにしよう。

警備部の主任が電話に出るのを待ちながら、自分の考えすぎかもしれない、とグザヴィエはふと思った。本当にそうであればいいのだが。

しかし、それから二十四時間とたたないうちに、彼の不安は現実のものとなった。

警備部から届いたばかりの報告書によれば、アルマン自身が認めているとおり、相手の女性は〝理想的な結婚相手〟ではなかった。ロンドンのソーホーにあるカジノでホステスとして働く女性が妻としてふさわしいとは、誰しも思わないだろう。

その日、アルマンは仕事を終えると、〈グゼル〉のロンドン支社を出てタクシーを拾い、誰も好んで住もうとはしないサウス・ロンドンへ向かった。そして、みすぼらしいフラットの一階の部屋を訪ね、若い女性に温かく迎えられた。

アルマンはしばらくその部屋で過ごしてから、女性に見送られて部屋を出た。別れ際、弟は玄関口で女性を抱きしめ、真剣な表情で話しこんでいたという。

その後、女性に対する監視を続けたところ、彼女は三十分後にフラットを出た。行き着いた先はソーホーのカジノで、女性はそこで働くホステスだった。

胃が引きつり、グザヴィエは報告書をデスクの上に投げだした。

この女性が、アルマンが結婚を望んでいる相手だというのか？　この女性とともに家庭を築き、子供の母親になってほしいと、弟は本気で思っているのだろうか？

頭がおかしいとしか言いようがない。

深呼吸をしてから、グザヴィエは〝リサ・スティーヴンズ〟と記された封筒を開け、中から写真を取りだした。

リサ・スティーヴンズの何がアルマンをとりこにしたのだろう？　警備部のスタッフがカジノで隠し撮りした写真には、およそ魅力的とは言いがたい女性が写っていた。

はねて乱れた金髪、分厚い化粧、真っ赤な唇、胸もとが大きくくれたドレス。全体的に下品で、けばけばしい。

この女のどこにアルマンは惹《ひ》かれたんだ？　なぜこんな女と結婚したがるのだろう？

弟の気が知れず、グザヴィエは眉を寄せた。アルマンは彼女がソーホーで働いていることを知っているのだろうか？　犯罪と貧困の巣窟《そうくつ》と呼ばれるあの地域で。グザヴィエは全身の血が凍るような思いがした。

胸に嫌悪がこみあげたものの、彼はそれを抑えこもうと努めた。このリサ・スティーヴンズという女性をもっとよく知る必要がある。理性的に考えれば、わずかとはいえ、彼女が見かけどおりの女性ではない可能性もあるのだから。

グザヴィエはもう一度写真を見た。あらためて疑念がわく。本当にこれが、アルマンが結婚を望んでいる女性なのだろうか?

リサ・スティーヴンズの顔は、厚化粧のせいで、まるで仮面のようだ。そのため、なんの表情も読み取れないが、ただ一つ、隠しきれていないものがあった。

目の険しさだ。

この目つきは、弟の人のよさを見抜き、そこにつけこもうとしていることを物語っているように見える。グザヴィエの脳裏に、メールの一節がよみがえった。

〝自分のしていることはわかっている〟

弟はそう言うが、勝手に思いこんでいるだけではないのか?

グザヴィエは重いため息をついた。このまま見過ごすのはあまりに危険が大きい。アルマンが結婚したがっている相手がこの見かけどおりの女性なら、僕が弟を守ってやらなければならない。

どうやって確かめたらいいのだろう?

グザヴィエはゆっくりと立ちあがり、天井の高い、広々としたオフィスを横切って、大きな窓の前に立った。凱旋門の周囲を走る車の流れを、見るともなしに眺める。

グザヴィエの優れた判断力と鋭い決断力がなければ、〈グゼル〉はここまで発展しなかった。彼の明晰《めいせき》な頭脳は、海外向けの新商品の発売時期など仕事の案件はもとより、無数の候補の中から誰を恋人に選ぶかといったごく私的な問題まで、すべてに正確な判断を下してきた。

現在のアルマンの状況についても、理性的な判断が求められる。弟と家族の将来を左右する、きわめて重要な事柄を判断するのに、たった一通の調査報告書と一枚の写真だけでは心もとない。

自分の目で見て彼女の人となりを判断しよう、とグザヴィエは心に決めた。ほかならぬ弟のためなら、なんでもするつもりだった。

リサ・スティーヴンズ……。

まだ見ぬ彼女を見すえるかのように、グザヴィエの目が冷酷に光った。彼女がどんな人物なのか、僕の眼力で見極めてやる。アルマンの妻としてふさわしい女性なのか、それとも、単なる金目当てで弟に近づいたのかを。

2

いつになったら充分な睡眠がとれるのかしら？

リサはあくびをそっと噛《か》み殺し、テーブルについている二人のビジネスマンに、愛想よく相づちを打った。少しでも油断すると、どうしようもない疲労の波にのみこまれてしまう。

もちろん、仕事があることに感謝しなければいけないのはわかっている。たとえこの仕事が自らの品性を損ない、退屈でいかがわしく、気疲れするものであっても。

耐えるのよ、とリサは自分に言い聞かせた。とにかくお金が必要なのだから。

彼女は昼間はロンドンの中心街《シティー》で事務員として勤

務し、そのあと、この店で明け方まで働いていた。夜の仕事といったら、ほかには時給の安い清掃くらいしかない。

必要なお金を得るためにはしかたがない、とリサは沈鬱《ちんうつ》な思いにとらわれた。できるだけ早く、そして可能なかぎり多くのお金を稼がなければならないのだから。

本当に？

心身ともに疲れたリサの胸に、危険で魅惑的な考えが忍びこんだ。

アルマンに無心すれば、すべてが簡単に解決するはずよ。ほんの数秒間、リサは悪魔のささやきに耳を傾けたが、すぐに否定した。

だめよ、そんなことを考えてはいけない。よこしまな希望を持ったりしてはだめ。ここ数日、彼からの連絡は途絶えている。もしかしたら、もう戻ってこないかもしれない。

リサは胸を締めつけられた。つらいことだけれど、このまま連絡がなかったら、アルマンの気持ちは一時的なものだったと考えるしかないだろう。

彼に頼ったりしてはだめ。誰かが魔法の杖《つえ》を振って奇跡を起こしてくれるなんて、おかしな期待をいだいてはいけない。

リサは二人の客に注意を戻した。彼らはリサにはおかまいなく、仕事のことで話しこんでいる。彼女が再びあたりに視線をさまよわせたとき、ある人物の姿が目に留まった。

たったいま、カジノのバーに入ってきた男性だ。駄馬の群れにまぎれこんだサラブレッドさながらに異彩を放っている。リサは目を見開いた。

地中海の高級リゾートや、リッツやサヴォイのような五つ星ホテルといった、一流の人たちが集まる場所にいるべき人物だ。

すばらしい仕立てのタキシードは体にぴったり合

い、真っ白なカフスには金色のボタンが輝き、漆黒の髪も丁寧に整えられている。

いかにも裕福そうだ。そう思ったとたん、リサは胸が苦しくなった。アルマンにも同じ印象をいだくことがある。育ちのよさを物語る、ごく自然に身についた気品とでもいうべきものを。

その男性には、ほかにもアルマンとの共通点があった。ひと目でイギリス人ではないとわかるのだ。イギリスの男性には、ああいう大陸風の、完璧《かんぺき》なまでに洗練された優雅さは見られない。

ただし、アルマンと比べたとき、その男性には非常にはっきりとした違いがあった。

アルマンは陽気で親しみやすいが、いま目にしている男性は、周囲を威圧するようなオーラを放っている。すらりと背が高く、きれいに日焼けした顔は彫りが深い。鼻筋が通っていて、頬骨は力強くせりだし、顎の曲線はなめらかだ。口もとは引き締まり、りりしい。そして目には陰影があり、濃い眉とあいまって、冷笑的な雰囲気をかもしだしていた。

リサは胸に奇妙なざわめきを覚え、思わず喉をごくりと鳴らした。

これほど魅力的な男性は見たことがない。

そんなふうに思った自分にいらだち、リサは視線を無理やりそらした。彼も単なる客にすぎない。カジノで働くホステスにとっての興味は、客がどれだけ多くの金を使ってくれるかに尽きる。

それでも、リサは男性のほうを見ずにはいられなかった。カジノの支配人が男性に歩み寄っていく。きっと支配人は目を輝かせているに違いない。なにしろ、大きな魚がいままさに網にかかろうとしているのだから。リサは伏せたまつげの下から、支配人が男性にへつらう様子を観察した。

支配人が一人のホステスを手招きした。金髪と豊満な体を持つ、スラブ系のタニアだ。店いちばんの人気を誇る彼女はほほ笑みを浮かべ、男性に近づいていった。

突然、むきだしの腕をつかまれ、リサははっとした。

「踊ろう」ビジネスマンが言った。

リサは笑みを取り繕いながら立ちあがった。バーの奥に小さなダンスフロアがある。彼女は流れてくる音楽に耳を傾け、軽快な曲で助かったと思った。

ところが二分後、バラード調の曲になり、相手の男性がリサの腰に手をまわしてきた。客と体を寄せ合って踊るのは大嫌いだったが、彼女は身を震わせないよう気をつけた。

そのとき、別の男性がどこからともなく現れた。

グザヴィエは金髪の女性に寄り添われても、まったく関心を払わなかった。彼の標的はただ一つ、リサ・スティーヴンズだ。

まさしく彼女がそこにいた。報告書に添えられていた写真となんら変わりはない。

ヘアスプレーでボリュームを出した金髪、濃すぎる化粧、安っぽいサテンのドレスに無理やり体を押しこんだような姿。

一瞬、グザヴィエは激しい怒りを感じた。これほどまで下品でけばけばしい娼婦《しょうふ》同然の女がアルマンと関係を持ったとは。弟は彼女のどこが気に入ったのだろう？　またも疑問がわいた。

「私、ダンスが大好きなの」タニアと名乗ったホステスが大げさな口調でささやいた。

グザヴィエはそれを無視して、リサ・スティーヴンズを眺めていた。

どうしてこんな場所で働いているんだ？　この種の仕事を望むのは、いったいどんなタイプの女性なのだろう？　リサ・スティーヴンズを間近に観察し、その人となりを詳しく知りたい。

グザヴィエは男性に抱かれて踊っている彼女に歩み寄り、声をかけた。「僕と踊ってほしい」

リサの腰を抱いていた男性が、顔をしかめてグザヴィエを見やった。

グザヴィエは落ち着き払って言葉を継いだ。「パートナーを交換しないか？」

男性はグザヴィエの傍らに困惑顔で立つ金髪美人に目を向けた。そちらのほうがいまのパートナーよりずっといいと判断したらしく、男性はけんか腰の態度をたちまち改めた。「いいだろう」

男性はリサから離れ、タニアにほほ笑みかけてすぐに踊り始めた。タニアは見るからに不機嫌な表情を浮かべていたが、グザヴィエはまったく気にせず、標的に注意を向けた。

薄暗い照明が点滅を繰り返すなか、リサの顔は写真そのままに見えたが、いささか当惑しているようだった。

「踊ろうか」グザヴィエは言い、返事を待たずに彼女を腕に抱いた。

そのとたんリサが体をこわばらせたので、グザヴィエは少し驚いた。予想外の反応に思わず身を引き、彼女と距離をとる。

「どうした？」

リサの目の中を何かがよぎった。しかし、それもほんの一瞬で、彼女は唇の両端を持ちあげてつくり笑いをした。

「はじめまして。リサよ」彼女はグザヴィエの質問には答えず、かすれぎみの声で言った。

リサの笑みが広がる。

だが、グザヴィエの目にその笑みはきわめてぎこちないものに映った。なぜだろう？　グザヴィエはいぶかったものの、すぐに気持ちを切り替え、リサの腰に両手を添えた。安っぽいサテン地を介して柔らかな体の感触が伝わってくる。グザヴィエは彼女の顔を観察した。

近くで見ると、彼女の化粧はいっそうひどかった。厚塗りのファンデーションが鼻のあたりでひび割れ、目のまわりにはアイシャドーがこびりついて、まつげにもマスカラがべったりとくっついている。唇には、ねばねばしたジャムのような真っ赤な口紅が塗られていた。

グザヴィエは不快感に身を震わせた。女性の知り合いは大勢いるが、その中の誰一人としてこんな化粧をしている者はいない。マデラインをはじめ、彼の知っている女性はみな垢抜《あかぬ》けていて上品で、化粧も完璧だ。いま彼が踊っているこの女性とは住んでいる世界が違う。グザヴィエの目が軽蔑《けいべつ》の色を帯びて険しくなった。

だが次の瞬間、彼ははっとして視線をやわらげた。感情をむきだしにしてしまったら、目的を達することができなくなる。彼はくつろいだ様子を装い、リサを見つめた。

「リサ、カードのテーブルで僕につきを呼んでくれるかな?」

グザヴィエがほほ笑みかけるや、リサは再び彼の腕の中で身をこわばらせた。しかし、それは一瞬にすぎなかった。

「ええ、きっとうまくいくわ」リサは答え、またぎこちない笑みを浮かべた。

「よし、行こうか」

グザヴィエが手を離すと、リサはちょっとふらついたように見えた。しかし彼は気づかないふりをして、リサをダンスフロアから連れだした。一緒にバーを横切り、リサの案内でカジノ・ルームへと進む。

支配人に見られていることに気づき、グザヴィエは口もとに皮肉な笑みを浮かべた。次に訪れたときも歓迎される程度の金を落としておくとするか。

もちろん、あくまでこの店を再訪する必要がある場合の話だが。

グザヴィエは前を歩いていくリサを見やり、むきだしの肩の上ではねる髪や左右に揺れるヒップを眺めて、その必要はあるまいと思った。

すでに、最悪の仮説が正しかったと確認できたも同然だ。リサ・スティーヴンズは、まさしく心配していたとおりの女性に思える。とてもではないが、彼女との結婚をアルマンに許すわけにはいかない。

リサはブラックジャックのテーブルに配された脚の長いスツールに腰かけ、気持ちを静めようと努めた。どうなっているのかしら？ なぜこんなにそわそわしているの？ 耳の奥で鼓動が響き、胃のあたりがざわめいて、呼吸さえままならなかった。なんとか冷静になろうと努めても、うまくいかない。スツールから落ちないでいるのが精いっぱいだ。

彼女はひどく混乱していた。はしたない格好をして客にほほ笑みかけ、法外に高いシャンパンを注文させるという仕事も、相手が見知らぬ他人だと思えば割り切ることもできる。けれど、客に個人的な関心を持ったらそうはいかなくなる。決して私的な感情をいだいてはならない。

なのに、リサの体は、落ち着き払ってカードを手にしている男性に明らかに反応していた。息苦しさを覚えつつ男性を見つめるばかりだ。見つめたりしてはいけないとわかっているのに、どうしても目が吸い寄せられてしまう。彼の存在そのものに圧倒されていた。

ほかの客とダンスフロアで踊っている最中、彼はまっすぐに歩み寄ってきて、大陸風のなまりがある英語でリサの相手客にパートナーの交換を求めた。交渉が成立し、腰に両手をまわされて彼に抱き寄せられたときは、凍りつく思いだった。全身が彼を意識してすくみあがり、ただ心臓だけが早鐘を打っていた。

いまも続いているその動揺を静めようとして、リサは大きく息を吸いこんだ。

いったい何をうろたえているの？　確かにこの男性は、ラインストーンのネックレスに一つだけまじったダイヤモンドのごとく、場違いなまでに輝いている。でも、この店に来た客であることに変わりはない。いくら魅力的とはいえ、私にとってはあくまで一人の客でしかない。映画俳優に勝るとも劣らないハンサムな男性だからといって、それがどうしたというの？

それに、タニアと私を交換した理由がなんであれ、彼は私を口説こうとしているわけじゃないわ。実際、私を魅力的だと思っている様子はかけらもないもの。

リサは口もとをこわばらせた。それはそうだ。これほどすてきな男性が、いまの私に惹《ひ》かれるはずがない。

下品な装いのホステスに色目を使ってくるのは、つまらない男ばかりだ。いま隣にいるような男性は、ホステスなどには目もくれないだろう。

リサは悲しくなった。もし、昔の自分を見てもらえたら……。

彼女はその考えをあわてて打ち消した。人生を楽しんでいたかつてのリサ・スティーヴンズはもうこの世に存在しない。恐ろしい交通事故で、それまで当然と思われていたもののすべてを失ってしまったのだから。

けばけばしい化粧や服は、考えようによってはありがたくもあった。言い寄ってくるのはろくでもない男だけだ。そんな男は願い下げで、心を動かされることはない。

リサにとって、ホステスの格好は、いかがわしい仕事をするうえでの鎧《よろい》とでも言うべきものだった。鉄の鎧を身につけ、好き嫌いに関係なく、するべき仕事をこなすのだ。リサは背筋を伸ばし、ブラックジャックのテーブルを見つめた。

隣にいる男性は見る見る負けがこんでいく。リサは内心で眉をひそめた。この男性は勝負事に弱いタイプには見えない。むしろその逆のはずなのに。

だけど、それがどうしたというの？　この人がお金を失っても、私にはまったく関係がない。私の仕事は、客にできるかぎりたくさんお酒を飲ませることだ。

「シャンパンでも飲んだら、つきがまわってくるんじゃないかしら」リサはつくり笑いを浮かべ、鼻にかかった声で注文を促した。なんていやな仕事だろうと、全身を駆け巡る嫌悪にさいなまれながら。

耐えるのよ。リサはいつもの言葉を胸の内でつぶやき、自分に言い聞かせた。お金が必要なのだから、手段など選んではいられないのよ。ひたすら働き、稼がなければ。

彼が姿勢を正し、リサのほうに顔を向けた。彼の瞳が鋭い光を放ってリサを射抜いたが、その光はたちまち消えて、瞳は長いまつげで隠された。もはやなんの感情も読めなかった。

「いいね」男性は軽く肩をすくめて応じ、人差し指を立ててウエイターを呼んだ。

ほどなくシャンパンが運ばれてくると、彼はウエイターの持つトレイから細長いグラスを二つ取り、一つをリサに差しだした。リサは彼の指に触れないよう注意を払いながら、グラスを受け取った。それでも、また胃がよじれるような感覚に襲われた。

「ルーレットをやってみようかな」

フランス語なまりを帯びた独特な響きを聞いて、リサの背筋を震えが走った。いつも心のまわりに張り巡らしている防御壁がいまにもくずれそうだ。

何もかもが場違いで、間違っている。こんな男性と、こんな格好をした私が、こんな場所で悪趣味な茶番劇を演じているなんて。リサは理性を麻痺《まひ》させるかのようにシャンパンをあおり、男性に向かって無理やりほほ笑んだ。

彼のほうを向いても、決して目を見てはいけない。あくまでも普通の客に対するのと同じようにふるまおう。顎が痛むほど力をこめ、リサは笑みを顔いっぱいに広げた。

「それはいいわ！　きっとルーレットなら勝つわ。さあ、幸運を祈って」リサは我ながらそらぞらしいことを言ってグラスを掲げ、もう一度シャンパンをあおった。仕事中はなるべく飲まないようにしていたが、この苦境を乗りきるためにはアルコールの助けが必要だった。

グラスを下ろしてから男性を見やると、彼はほとんど飲んでいなかった。シャンパンの質を考えればそれも当然かもしれない。だったら、なぜ注文したのかしら？

でも、どうでもいいわ。彼は客で、私の仕事は彼にお金を使わせること、それだけだ。

リサはスツールから慎重に下り立った。疲れきった足を床につけたときに鋭い痛みが走ったが、かろうじて顔をしかめずにすんだ。

ルーレットでも、ブラックジャックのときと同じ試練がリサを待っていた。男性の隣に座り、彼が手を伸ばしてチップを置くのを、体が触れ合うほど近くで見ていなければならなかった。

今回、男性はときどき勝利を手にした。しかし、まるで勝ち負けなどどうでもいいような不用意な賭《か》け方だった。離れたところからタニアが彼の気を引こうとしていたが、まったく成果はなかった。

最後のチップを失うと、男性はチップの追加を断り、リサのほうに顔を向けた。「しかたないな」肩をすくめる。

リサは硬い笑みを浮かべた。「今夜は運が悪かったのね」無意味な言葉だが、この店ではそう答える決まりになっていた。

「本当にそう思うかい？」彼は眉を上げた。「人生の運は自分の手で引き寄せるものだと思う」

リサの表情が暗くなった。運を自分の手で引き寄せるなんて無理だわ。運なんて気まぐれで残酷なものので、またたく間に人の幸せを打ち砕いてしまうんじゃないかしら？

ハンドルのぐらつき、スピードの出しすぎ、ほんのわずかの不注意。一瞬にして恐ろしい悲劇が生まれ、みなの幸せを奪う。幸せばかりではない……もっと多くのものを奪い去る。リサはかすかに顔をしかめた。

グザヴィエは、リサ・スティーヴンズの顔つきが急に険しくなったのを見て取った。彼自身もまた、同じく険しい表情になっていた。この店にいるほかのホステスと同じく、リサもまた、男性を踏み台にしてでも自分の幸せをつかみ取ろうとする女に違いない。

ただし、絶対に弟のアルマンを踏み台にさせはしない。

グザヴィエはさりげなくリサを観察した。悪い予感はすべて当たっていたようだ。アルマンがこんな女性にだまされているなんて信じられない。考えただけでも胸が悪くなる。おそらく、アルマンは彼の〝夢の女性〟が生活の糧を得るためにどんな仕事をしているか、まったく知らないのだろう。

いま、アルマンは海外に出張している。ドバイにある〈グゼル〉の主要支店へ赴き、そのままニューヨークへ飛ぶよう、グザヴィエが指示したのだ。弟が留守のあいだに、リサ・スティーヴンズの素性をじっくりと調査するつもりだった。

すでに、恐れていたとおりの最悪の女性だという証拠がそろったも同然だが、グザヴィエは予定していた次の段階へ駒《こま》を進めることにした。

グザヴィエは袖口《そでぐち》をまくり、腕時計に目を落とした。「残念だが、もう行かなければ。明日の朝早くに打ち合わせがあるんだ。おやすみ、マドモアゼル。今夜はありがとう」

グザヴィエはリサに向かって冷たい微笑を浮かべ、立ち去った。

リサは彼を見送り、うんざりして額をこすった。疲れが波のように押し寄せてくる。加えて憂鬱《ゆううつ》な思いが。

いくら魅力的な男性が現れようと、私にとってはなんの意味もない。たとえ職場がこんな店ではなく、ひどい格好をしていなかったとしても、やはり彼とのあいだに何かが芽生えるとは考えられない。そもそも、いまの私には、目先のこと以外に思いを巡らせる余裕も時間もないわ。

すぐにリサは罪悪感にさいなまれた。こんなことで、いまさら不平をこぼすなんて……。

彼女は考えるのをやめた。気になってしかたのないフランス人男性は、一つだけいいことをしてくれた。彼のおかげで勤務時間はあっという間に過ぎ、もう家に帰れる時刻になっていた。

リサは十分足らずで、ジーンズにゆったりとした上着というふだんの格好に戻った。続いて髪をとかし、厚い化粧を落として、夜のロンドンに飛びだした。

ツも歩きやすさを重視して選んだもので、ヒールは低い。ロンドンのこの地域を夜遅く歩くときは、しっかり目的地が決まっているといったそぶりを見せていないとすぐに目をつけられる。それに、テムズ川の南側へ行くバスにどうしても乗りたかった。もし乗り遅れたら、次のバスが来るまで三十分は待たなくてはならない。

百メートルほど先の停留所を目指し、リサはきびきびとした足どりで歩いていった。

雨が強くなってきた。ときおり通り過ぎる車が、水しぶきを上げていく。

近づいてくるバスが目に入った。停留所は道路の向かい側にある。リサは縁石に立ち、道路を横切ろうとした。そこへ黒いセダンが通りかかり、水たまりの水をはねあげた。

ぎょっとして飛びのいたものの、遅きに失し、ジーンズはびしょ濡《ぬ》れだ。うらめしげに顔を上げたと

3

外は凍えそうに寒く、細かい雨も降っていたが、リサは気にならなかった。たばこの煙や安物の香水、そして酒のにおいに満ちていたカジノの空気に比べたら、ロンドンのよごれた大気でさえ、新鮮ですがすがしく感じられる。霧雨の中、彼女は上着のポケットに両手を突っこみ、顔を上げて深呼吸をした。ポニーテールにまとめた長い髪が、顔を上げた拍子に背中で揺れる。

リサは出所直後の元犯罪者さながらに勢いよく歩きだし、カジノに面した狭い路地を抜けて、バス停のある明るい通りに向かった。

彼女の歩調は速かった。くるぶしまでの短いブー

き、セダンがリサの行く手を遮るようにして止まり、彼女は唖然《あぜん》とした。

リサはしかたなく車の後ろをまわり、別の車が通り過ぎるのを待ってから、急いで道路を横切り始めた。バスはもう停留所のすぐ手前まで来ている。早く渡りきって運転手に合図をしないと、ほかの利用客が現れないかぎり、バスは停留所を通過してしまうだろう。

道路の中央分離帯まで達したとき、まさに心配したとおりになり、リサは肩を落として走り去るバスを見送った。この寒い中で三十分も待たなければならず、家に着くのは一時間以上も先になる。こんなに疲れているのに。

「マドモアゼル？」

はっとして振り返ると、いましがたリサに水しぶきをかけ、行く手をふさいだ高級車の後部座席のドアが開き、男性が身を乗りだしていた。

驚いたことに、カジノに来ていたあのフランス人だった。

条件反射のように胃のあたりがざわつく一方で、体のほかの部分は硬直してしまい、リサは立ちすくんだ。

車のドアがさらに大きく開き、男性が降り立った。道路を横切り、中央分離帯にいるリサのほうへやってくる。彼の羽織っている黒いコートはカシミア製で、ひと目で仕立てのよさがわかった。

「君は……リサだね？　ずいぶん印象が違うから、すぐにはわからなかったよ」

様変わりした彼女の外見を見て、彼はひどく驚いているようだった。濃い褐色の目を大きく見開いている。そして、カジノでは見られなかった、何か別の感情も浮かんでいた。

「許してほしい。いま行ったバスに乗りたかったんだろう？」

「ええ」リサはぶっきらぼうに答えた。

彼女がいちばん強く感じているのはいらだちと怒りだった。だが、別の感情も芽生えつつあった。リサ自身は望まず、取り除いてしまいたい感情が。おそらくフランス人男性の顔に浮かんでいる表情のせいに違いない。

「申し訳ない。水しぶきをかけたうえ、バスに乗り遅れさせてしまった。罪滅ぼしに、僕の車で送らせてもらえないだろうか？」

「せっかくだけど、けっこうよ。すぐに次のバスが来るから。失礼するわ」

リサは身をひるがえし、道路のもう半分を渡って停留所へ急いだ。雨脚が強まったというのに、あいにくこの停留所には屋根が設けられていない。リサは背中を丸めて立ち、フランス人男性のほうを見ようともしなかった。

中央分離帯に一人取り残されたグザヴィエは、呆《ぼう》然《ぜん》としてリサの後ろ姿を見送った。彼女の反応は予想外のものだった。

いや、予想外というのは当たらないと、彼はすぐに思い直した。腹にパンチを見舞われたような気分だ。ようやく、アルマンがリサ・スティーヴンズに魅了された理由がわかったのだ。

いまのリサはホステスの衣装を脱ぎ、濃い化粧を落として、髪をきちんとまとめている。グザヴィエはすぐさま、厚塗りの化粧が巧妙に隠していたものを見て取った。彼女にはどんな男性の目をも引きつける美しさがあった。

グザヴィエの胸の中である感情が渦巻いた。それは激しく矛盾する、受け入れがたい感情だった。

彼はそれをわきに押しのけた。不必要な感情は邪魔になるばかりで、そんなものにかかずらっていられない。計画の次の段階に意識を集中する必要があった。

さきほどの出来事は出合い頭の偶然ではなく、周到に準備して実行に移したものだった。監視スタッフから、リサがカジノを出たという連絡を受けるなり、運転手に命じて車を出したのだ。

雨が降りしきる中、グザヴィエは道路を渡って車に戻った。すぐさま運転手に指示を与える。「バス停の前につけろ」

セダンは急ターンをして、道路の反対側にある停留所の前で止まった。グザヴィエは、今度は歩道側のドアを開けた。都合のいいことに雨はますます激しくなっている。車に乗らなければ、リサは全身ずぶ濡れになるだろう。

グザヴィエは車のドアを押さえたまま、身を乗りだした。「どうか送らせてほしい、マドモアゼル。ひどい雨じゃないか」断るのは子供じみているとでもいうような口調で話しかける。しかし、返ってきたのは冷たい視線だった。

「よく知らない人の車に乗る気はないわ」リサはけんもほろろに応じた。

グザヴィエは無言で上着のポケットに手を入れ、名刺を出した。

一種の賭《かけ》だった。アルマンは、リサに会社のことは何も話していないと言っていた。それが真実かどうかはすぐにわかる。そして、野心家のマドモアゼル・スティーヴンズが、釣りあげた魚の正体や価値を独自に調査していたかどうかも。

部署名や肩書はいっさいなく、ただ単に〝グザヴィエ・ローラン、〈グゼル〉〟とだけ書かれている名刺を見て、彼女はどんな反応を示すだろう？

リサが肩をすくめて名刺を受け取り、街灯のオレンジ色の光のもとでそれを眺める様子を、グザヴィエはひそかに観察した。しかし、彼女はかすかに眉をひそめただけだった。

「〈グゼル〉って、あの高級バッグの？」リサは名刺から目を上げてきいた。

　そっけない反応に、グザヴィエはいらだちを覚えた。「バッグ以外にもいろいろ扱っている。ところでマドモアゼル、せかす気はさらさらないが、僕に送らせてもらえるのかな？」彼もそっけなく尋ねた。

「じゃあ、お願いするわ」

　あまりありがたそうではない口ぶりに、グザヴィエのいらだちが高じた。

　リサが車に歩み寄るのを見て、グザヴィエは後部座席の反対側へ移動した。空いた場所にリサが腰を下ろし、シートベルトを締める。車が走りだしたとき、彼女はグザヴィエを見て言った。

「トラファルガー広場で降ろしてもらえるかしら？　あそこなら夜行バスの本数も多いから」

　リサは堅苦しい口調をくずすまいとした。それはバスに乗り遅れ、車の誘惑に負けてしまった自分への怒りによるものだったが、別の理由もあった。絶対に認める気にはなれないものの、実のところ、彼のそばに座っているだけで息苦しかった。無愛想な態度は、感情を表に出さないための必死の演技だった。

　グザヴィエは眉を上げた。「家まで送るのはお断りということかな？」

「家は川の南側なの」リサは相変わらずぶっきらぼうに答えた。「ものすごく遠まわりすることになるわよ」

「たいした手間じゃないさ」グザヴィエも冷ややかに応じた。

「さっき言っていたはずよ、明日は朝早くに打ち合わせがあるって」リサはうさんくさそうに彼を見やった。「こんな時刻にロンドンの街を横切るのはいやでしょう？」

　グザヴィエは険しい目で彼女を見すえた。「あれは店を出るための口実だ。引き止められたくなかったものでね」

　彼はリサの目が光った気がした。薄暗い車内ではっきりわからなかったが、ただ一つ言えるのは、彼女がとても魅力的だということだ。

　いくら抑えようとしても、グザヴィエの心の中では大きな変化が生じていた。目の前にいる女性のこの変身ぶりは驚くばかりだ。けばけばしい化粧とホステスの装いがなくなっただけで、こうまで変わるものだろうか？　こんな変身ぶりを誰が想像できただろう？　彼は頭を何かでなぐられたような気分だった。

　これで、リサがアルマンをたぶらかした手口もよくわかった。アルマンは彼女の夜の姿を知らず、いま僕が目にしている姿しか見ていないに違いない。

　グザヴィエは気持ちを引き締めた。記憶しておかなければならないのは、カジノでホステスとして働くリサ・スティーヴンズの姿だ。弟を罠《わな》に陥れようとしている姿、弟の結婚相手にはふさわしくない姿だ。彼女の外見が一変したからといって、事情は何一つ変わらない。

　しかし、いくらそう言い聞かせてみても、ごまかしにすぎないと、グザヴィエは自覚していた。何一つ変わらないどころか、さっきから必死に落ち着きを取り戻そうとしているのに、いまだにショック状態から抜けだせないでいる。

「ピカデリーを通るなら、トラファルガー広場に寄ってちょうだい」

　リサの声で、グザヴィエは我に返った。

「家まで送るくらい、なんでもないさ」

　彼の言葉に、リサは反射的に背筋をぴんと伸ばした。「トラファルガー広場で降ろしてもらったほうが都合がいいの」彼女は言い、いぶかしげにグザヴィエを見た。いまさらながら、うっかり車に乗ってしまったことを後悔していた。

名刺を見せてもらったからといって、それがなんの証明になるというの？〈グゼル〉の重役らしきグザヴィエ・ローランは魅力的なフランス人かもしれない。しかし、それでもやはり、彼はカジノに来た客の一人にすぎない。こんな時刻に家まで送ってもらうなど、もってのほかだ。しかも車は彼のもので、タクシーではない。彼や運転手が何をたくらんでいるかわからないのに。にわかにリサの胸の中に不安がわきあがった。

街灯の淡い光の中で、リサはグザヴィエの目に何かの感情がよぎるのを見た気がした。しかし、その正体について考える間もなく、それはたちまち消え去った。

「好きにしたまえ」

グザヴィエが軽く肩をすくめた。そのしぐさは、リサの目にはいかにもフランス人らしく映った。

「そうさせてもらうわ。ありがとう」リサの口調は相変わらずそっけなかった。

グザヴィエの濃い褐色の瞳がリサを見つめる。彼女は見返したものの、彼の目からはなんの感情も読み取れなかった。

車内の閉ざされた空間では、彼はカジノにいたときよりもずっと身近に感じられた。テーブルで寄り添っていたときも、カジノ・ルームの高いスツールに並んで座っていたときも、それに彼と踊っていたときでさえ、二人は開かれた空間の中にいた。

けれど、いまは……。

リサは無意識にシートの隅へ身を寄せた。それでも彼を身近に感じる状況は何も変わらなかった。

なお悪いことに、彼はリサをじっと見ていた。しかも、見ているだけではない。本当の彼女の姿を見極めようとしている。カジノで演じている安っぽいホステスではなく、現実の人間としての姿を見抜こうとしていた。

化粧が少しでも残っていれば、まだ違っただろう。たとえ下品に見えたとしても、仮面の役割を果たし、本当のリサを隠してくれる。

しかし、いまは隠れようがなかった。逃げ場のない車内で、リサは彼にすべてをさらしていた。目に見えない小さな震えが全身を駆け抜ける。その震えは恐怖、警告、そしてもっと別の何かを表していた。

リサは彼を見つめた。目を見開いていると、視界がぼやけていく気がする。ああ、この人は信じられないくらい……。

「フランス語は話せるのか《テュ・パルル・フランセ》？」

グザヴィエの突然の問いに我に返り、リサは驚いてきき返した。「ええ《ウィ》、少しなら《アン・プ》。どうして？」

彼女はふと、グザヴィエが〝デュ〟というフランス語を使ったことに気づいた。それを二人称として使うのは、相手を見下しているか、とても親しい間柄かのどちらかだ。憤りと、我ながら認めたくない感情がわきあがってくるのを、リサは抑えられなかった。

「君のような女性が外国語を話せるというのは珍しい。本人が外国人でないかぎり」グザヴィエはぶしつけな言葉を口にした。

リサは激しい怒りに駆られ、低い声で問いただした。「ホステスをしているような女はみんな頭が鈍いとでも？」

「鈍い？」グザヴィエは眉間《みけん》にしわを寄せた。

「つまり、愚か《ベト》ってこと」リサはわざとらしい笑みを浮かべて言葉を継いだ。怒りがおさまらない。グザヴィエ・ローランはすてきな男性かもしれないが、ひどい偏見の持ち主だ。

「外国語ができるほど賢いのなら、どうしてあんな仕事をしているんだ？」

グザヴィエの冷ややかで身もふたもない物言いにかっとなり、リサは彼をにらみつけた。彼の口ぶりには別のニュアンスも感じられたが、怒りが先に立ち、それが何かはわからなかった。

「私のほうも、あなたのように知的ですてきな男性がどうしてあんな店にいらっしゃったのか、ぜひききたいものだわ」リサは鋭い口調で言い返し、グザヴィエが顔をしかめる様子を眺めた。なるほど、カジノのホステス風情に言い返されたのがお気に召さないというわけね。底意地の悪い推測が頭に浮かぶ。

「どうしてあそこで働いているんだ？」グザヴィエは彼女の言葉を無視して繰り返し尋ねた。

「ただの仕事よ」リサは無表情に答え、目をそらした。彼の目を見ていたくなかった。どうせ非難の色が浮かんでいるに決まっている。

本当は、しかたがないのよ、と彼に向かって叫びたかった。いつもの憂鬱《ゆううつ》な気分と重い疲労感が襲ってくる。

そのとき、車がすでにトラファルガー広場に入っていることに、リサは気づいた。アドミラルティ・アーチをくぐり、バッキンガム宮殿の方向へなおも走っていく。

「行きすぎたわ」リサはグザヴィエを見てから、運転手に声をかけようと身を乗りだした。

「家まで送ると言っただろう」グザヴィエがうんざりしたような声を出す。

「けっこうよ」リサはきっぱりと断った。

グザヴィエは思わず彼女に目を向けた。いまの声には否定以上の何かがあった。

恐れ？　そうに違いない。彼はリサの顔を見すえた。

とはいえ、恐れ以外のものもある。カジノでも一瞬それを認めたし、いましがた彼のほうに顔を向けた際にも見て取れた。間違いなく、疲労感だ。

目のまわりには隈《くま》ができ、顔全体がやつれている。この女性はひどく疲れている。

「マドモアゼル、君を家まで送るのはなんでもないことだ。この時間ではバスも少ないだろうし、こちらは遠まわりしてもいっこうにかまわない。君は僕のせいでバスを逃した。せめてもの償いだ」

リサは座り直し、グザヴィエを見た。彼の声音が変わっていた。理由はわからないが、優しさがこもっている。そう思ったとたん、彼女は息苦しくなった。この男性に優しさや親切心を示されると、私はすっかり混乱してしまう。

「本当にその必要はないの」リサはかたくなに言い張った。「甘えるわけにはいかないわ」

「気にすることはない」一転して冷ややかな声に戻っていた。グザヴィエは感情のこもっていない声で続けた。「僕の用事といえば、アメリカに何本か電話をかける程度だ。電話ならホテルに帰らずとも、この車の中からかけられる」

その言葉を裏づけるかのように、グザヴィエはコートの内ポケットから携帯電話を取りだし、手首を優雅にひねって開いた。

「運転手に住所を伝えてくれ」グザヴィエはリサに告げてから、番号を押し始めた。

リサは困惑して彼を見ていた。窓の外を街路樹が流れていく。車はヴィクトリア女王記念碑の前に差しかかっていた。バッキンガム宮殿の堂々たるたたずまいが、きらびやかな照明に浮かびあがる。

グザヴィエは携帯電話を耳に当てて話し始めた。彼のフランス語は早口すぎてリサには聞き取れなかった。彼はすっかり会話に夢中になっている。つかの間、リサは自国語を話す彼の美しい声音にうっとりと聞きほれた。

運転手がちらりとリサのほうを見た。「住所を教えてください、マドモアゼル」

運転手の英語にもフランス語なまりがある。しかし、彼の雇主の声を聞いたときと違い、リサの背筋に震えが走ることはなかった。

　リサはあきらめた。世界的に有名な会社の重役らしい男性が、スキャンダルになりかねない変なまねをするとも思えない。彼女は運転手に住所を伝えた。

　車はヴィクトリア・ストリートをパーラメント・スクエアやテムズ川の方向へ進んでいく。リサは革張りのシートに深く沈みこんだ。

　グザヴィエはもはや彼女にはなんの注意も払わず、さかんにフランス語で何か話している。リサはところどころ単語を聞き取るのがやっとだった。

　人通りの絶えたロンドンの街が窓の外を過ぎ去っていく。リサは疲労感に襲われて目を閉じた。何千年でも眠れそうなほど疲れていた。

　体が温まり、呼吸が穏やかになっていき、やがてリサは眠りに落ちた。

　グザヴィエはアメリカ西海岸担当の販売部長との会話を中断し、シートの背にもたれて眠っているリサを見つめた。

　そのとたん、彼は複雑な気持ちに駆られた。

　街灯の明かりがリサの頬骨を浮きあがらせ、長いまつげが青白い頬に影を落としている。眠っていると、疲労の色も少しは薄れて見えた。昼間は好きなだけ寝ているはずなのに、リサ・スティーヴンズはなぜこんなに疲れているのだろう？

　疑問はもう一つある。こちらのほうが厄介だ。なぜ僕は、疲れた様子の彼女に同情を禁じえないでいるんだ？　なぜ、疲れた表情を見せるこの女性にいっそうの魅力を感じるのだろうか？

　グザヴィエはずっと彼女を見ていたかった。ただひたすらに。

　そのとき、販売部長が何かの数値を読みあげ始めた。グザヴィエは我に返るや、眠っている女性から視線を無理やり引きはがし、会話を再開した。

　そのあいだも胸の中でさまざまな感情がせめぎ合

い、彼をいらだたせた。

「着いたよ」

小声で呼びかけられ、リサは目を開けた。頭がぼうっとしていて、何がなんだかわからない。体を軽く揺すられ、ようやく眠気が覚めた。

苦労して身を起こすと、セダンはヴィクトリア王朝風の古びた建物の前に止まっていた。

この建物は十九世紀に建てられたもので、当初は貧しい労働者階級のための社会福祉施設だったという。サウス・ロンドンの多くの地域と違ってこの界《かい》隈《わい》は昔とほとんど変わらず、再開発で高級アパートメントが立ち並ぶこともない。そのため、寝室が一つしかないフラットの家賃はリサでも払える程度だった。住まいに必要以上のお金をかける余裕はいまの彼女にはなかった。

リサは目をしばたたいた。「ありがとう。助かったわ」眠ったせいか声が少しかすれていた。

家まで送ると言って聞かなかった男性の顔を、リサはあらためて見た。その瞬間、初めて彼を見たときと同じように息をのんだ。体から力が抜けていく。これほど魅力的な男性と一緒に車に乗っている自分が信じられない。

ほんのわずか、リサはそのまま彼の顔を見つめていた。グザヴィエのほうは彼女から顔をそむけ、窓の外をうかがっている。その顔がこわばった気がしたが、リサは確信が持てなかった。いずれにせよ、車内の薄暗い照明のせいで、彼の顔はいっそう彫りが深く見えた。

不意にグザヴィエが体の向きを変え、リサの目をじっとのぞきこんだ。

たちまち胃のあたりが締めつけられたものの、リサは目をそらすことができなかった。そして、見つめ合ううちに、稲妻に打たれたような衝撃を覚えた。

「マドモアゼル？」

運転手の静かな声とともに冷たい風が吹きこんできて、リサは初めて車のドアが開いていることに気づいた。運転手はドアの外で、グザヴィエは後部座席の反対側で、彼女が車から降りるのを待っている。リサは二人の視線に促されるようにして車から降り、堅苦しい口調でもう一度礼を言った。「送っていただいてありがとう。助かりました」

リサは鍵《かぎ》を出しながらちらりと振り返った。道路わきに止まっている車はつややかで見るからに高級そうだ。中にいる男性と同様に。

もう彼の姿は影しか見えない。リサの胸はなぜか痛んだ。彼の姿を最後に見たのは、車を降りる直前だった。運転手が運転席に戻り、ドアを閉めようとしている。リサはすばやく向き直り、フラットのドアを開けて中に入った。その直後、車の発進音が聞こえた。


走りだした車の中で、グザヴィエはぼんやりと前を見ていた。この界隈は薄ぎたなく、荒廃している。貧しさに満ち、住みやすい土地とはとうてい言いがたい。リサ・スティーヴンズがこの地域から出ようと一生懸命になるのも理解できる。だが、断じて弟のアルマンをその踏み台にはさせない。

グザヴィエは胸に怒りがわきあがるのを待った。だが、実際にわきあがってきたのは、バス停のそばにたたずむリサを目にした際の当惑だった。カジノにいるときとはまるで別人だった。

どうしてあんなふうに変身できるのだろう？　素顔のままであれほど魅力的なら、きちんとした身なりをしたらどれほど美しいのだろう？

グザヴィエはいつしか物思いにふけっていた。

つややかな長い金髪を撫《な》でつけ、彼女の自然な魅力を引き立てる薄化粧を施す。ほっそりとした体には、美しい女性にふさわしい夜会服をまとわせる。

そんなリサの姿が脳裏に浮かびあがった。生き生きとして、ほれぼれとするほど魅惑的だった。

いいかげんにしろ。グザヴィエは自分を戒めた。もしリサ・スティーヴンズに相応の身なりをさせて食事に連れていったら、どんな時間を過ごせるかなどと空想している場合ではない。

食事以上のことになったら？

やめろ。グザヴィエは自分の気まぐれな想像力を抑えこもうとした。リサ・スティーヴンズにかかわっている理由はただ一つ、弟の結婚相手にふさわしい女性かどうか確かめることだ。

カジノでは、結論は出たも同然に思えた。バス停で彼女を拾うときも、その結論の正しさが証明されるだろうと決めこんでいた。彼女は大喜びで車に乗り、見るからに裕福そうな男性、つまり僕に興味を示すはずだった。流し目を使い、僕に取り入ろうとするに違いないと踏んでいた。

ところが実際は違った。彼女はなかなか車に乗ろうとせず、ようやく乗ったと思ったら、すぐに眠ってしまった。

グザヴィエは眉をひそめた。筋が通らない。理屈に合わない。カジノにいたリサ・スティーヴンズとこのセダンに乗っていた彼女とでは、外見も行動もまったくの別人としか思えなかった。

車は走り続け、明るい光に満ちたウエストエンドに入っていった。サウス・ロンドンの貧困地区とは大違いの、しゃれた街並みだ。

一つだけ確かなことがある。リサ・スティーヴンズについて、結論を出すのはまだ早い。調査は続行だ。

とはいえ、次はどうしたらいい？

グザヴィエは緊張をほぐそうとするように肩をまわした。今夜ひと晩、ゆっくり考えてみよう。リサ・スティーヴンズのことを。

一階にある我が家の前で、リサはしばし立ち止まった。奇妙な気分だった。

彼——グザヴィエ・ローランはなぜ家まで送ると言い張り、何キロも遠まわりをして家まで送ってくれたのだろう？

下心があるようには見えなかった。言い寄ろうとするそぶりも見せなかったし、もちろん私のほうも誘ったりはしなかった。

私がカジノのホステスであると知ったうえで、いやしい期待をいだいて近づいてきたのなら、低俗な男ということになる。けれど、そうではなかったようだ。

ホステスとして働いている女性が外国語を話せると知って驚いたとき以外、彼は私を侮辱したりしなかった。私に対する態度は、あくまでも紳士的なものだった。

リサは眉をひそめた。どうして送ってくれたのかしら？　彼のせいでバスに乗り損ねたから、大陸風のちょっと大げさな罪滅ぼしというわけ？　それにしては少々やりすぎにも思える。トラファルガー広場までで充分だったはずだ。

いずれにしても、グザヴィエ・ローランとは、もう二度と会うこともない……。

ドアの鍵を開けながら、ほんの一瞬、リサは胸が痛んだ。これまで出会ったなかで、彼は最高に魅力的な男性だった。思わず息をのみ、呆然《ぼうぜん》と見とれてしまうくらいに。

でも、もう行ってしまった。

また胸が痛んだ。リサは歯を食いしばり、家の中に入った。グザヴィエ・ローランはたまたまリサの世界に現れ、すぐに去っていった。彼女の生活に彼が、いや、ほかの人間が入る余地などなかった。

「リサ、おかえりなさい」
暗闇《くらやみ》から静かな声が聞こえ、リサは寝室に入っていった。これが私の生活。愛情にあふれてはいるけれど、過酷で厳しい。

ホテルのスイートルームに戻ったグザヴィエは、コニャックの入ったグラスを手に窓辺に立ち、見るともなしに眼下の静かな通りを眺めていた。彼の頭の中では、一つの問いが渦巻いていた。

リサ・スティーヴンズをどう扱うべきか？

当初の予測では、もっと月並みな展開になるはずだった。低俗なカジノのホステスがグザヴィエにこびを売り、彼は揺るぎない証拠をアルマンに突きつけて結婚に反対する。車で送る一件は、彼女に絶好のチャンスを与えるため、周到に準備された計画だった。カジノにいた彼女の同業者たちなら、たちまち飛びついたに違いない。

ところが、彼女はなんの行動も起こさなかった。

なぜだ？

すでに手中におさめている裕福な男性との仲を危険にさらしてまで、通りすがりの男を誘わないだけの分別をリサ・スティーヴンズは持っている。意地悪く考えれば、そういうことになる。

いや、まったく違った理由も考えられる。リサは、これまでの情報から僕が考えていたような女性ではないのかもしれない。

無意識にグラスの中のコニャックをまわしていたグザヴィエの手が、不意に止まった。

確かめなくてはいけない。もっと長く彼女と過ごしてみよう。

グザヴィエの胸の中には二つの感情があった。気に入らないものの、認めざるをえない二つの感情が。一つはためらい、そしてもう一つは期待だった。この状況にはまったくふさわしくないが、我ながらどうしようもなかった。

　グザヴィエはグラスを口に運び、強い酒をあおった。認めなければならない。彼女にもう一度会いたい。ゆっくりと時間をかけて接してみたい。

　アルマンのための調査だけが目的ではない。コニャックのせいで彼の中の何かが解放され、体が熱くなってきた。彼女に会いたい、もう一度。

　ふと危険な予感がした。

　会うべきではないと、内なる声が警告する。

〈グゼル〉の経営方針や個人的な問題について決断を下す際、グザヴィエはいつもその声に耳を傾けてきた。かつてアルマンが性悪女にだまされたときも、この声に従って行動し、弟を救った。

　ベッドをともにする女性についても、グザヴィエはこの理知的な声を参考にし、彼と同じ世界に属し、彼の流儀を心得ている女性を選んできた。リサ・スティーヴンズのように、二つの顔で彼を混乱させる女性は初めてだ。最初は場末のカジノのホステスだったのに、次に会ったときは……。

　これ以上リサ・スティーヴンズのことを考えてはいけない。彼女が雨の降る街角に現れたときの姿を思い出すべきではない。

　しかしもう遅かった。その姿は彼の脳裏にくっきりと刻まれていた。純粋で飾り気のない美しい顔に長い金髪、そしてほっそりした顎の線を隠すように上着の襟を立てているさま。

　無意識のうちに、グザヴィエはグラスを上げてコニャックをまた口に含んだ。あの姿をもう一度見たい。リサ・スティーヴンズに会いたい。

　見極めなければならないのだから。彼女がアルマンの妻としてふさわしい女性かどうかを。

　それだけだ。それが彼女に会う唯一の目的だ。

　グザヴィエは勢いよく身をひるがえした。リサ・スティーヴンズに関して知りたいことなど、ほかには何もない。

無造作にコニャックのグラスをテーブルに置き、グザヴィエは寝室に向かった。そのあいだ、彼の頭の中には一つの言葉が浮かんでいた。

嘘《うそ》つきめ。


リサは二人用のベッドに横たわり、闇にまぎれた天井に目を凝らしていた。粗末なフラットのすぐ裏にある線路の上を列車がときおり通過し、くぐもった響きが壁越しに届き、ベッドの隣からは少し苦しげな寝息が聞こえてくる。

ひどく疲れているのにリサはどうしても眠れなかった。あと数時間で起きなければいけないのに、目はすっかり冴《さ》えていた。

彼女は考え、思い出していた。しかも、いっそう悪いことに、想像力を働かせてしまっている。

あの端整な顔のことを。あの魅力的な男性のことを。

リサはいらだち、グザヴィエ・ローランの姿を頭の中から追い払おうと努めた。

彼のことを考えてもなんの益もない。なのに、どうして考えてしまうの？

人生において、何よりも優先して考えなければならないことがあるというのに。いつだって忘れてはいけない人物が、ほかにいるというのに。

リサは罪悪感にさいなまれた。それを少しでも軽くできたらとばかり、彼女は手を伸ばし、横で眠っている人物の腕にそっと触れた。愛と思いやりが胸にあふれだす。

もしも魔法の杖《つえ》があったら。それを振って世界を変えられたら。せめて……。

悲しみの塊が喉にこみあげてきた。魔法の杖など存在しない。あるのは小さな望みだけだ。その望みにすべてを託し、起きている時間は働き続け、お金をためる。少しずつ、少しずつ。

ただ、アルマンが……。

冷たい風が心の中を吹き抜けた。

彼から電話はなかった。今夜はくれるかもしれないと期待していたのに、やはりなかった。もうこれで三日三晩、連絡が途絶えている。

捨てられた……。

頭の中でその言葉がこだまし、どんなに追い払おうと努めても、消えようとしなかった。望みを押しつぶす言葉。そもそも、望みなどいだいてはいけなかったのだ。

そのとき、彼女の意に反して、黒髪に濃い褐色の瞳、かたちのよい唇を持つ端整な顔が、リサの心に浮かびあがった。

4

「リサ、支配人が呼んでいるわよ。いますぐオフィスに来てくれって！」

カジノのスタッフが更衣室に現れ、リサに声をかけた。

リサはたったいま店に来たばかりで、更衣室の隅にある洗面台の前にいた。化粧の手を止めて振り返る。「なんの用かしら？」

従業員は肩をすくめただけだった。

リサはため息をついて立ちあがり、更衣室を出た。同僚のホステスが二人、好奇の視線をリサの背中に投げかけた。

支配人のオフィスはカジノ・ルームを見下ろす場

所にある。この時刻、カジノ・ルームはまだ閑散としていた。

「何かご用ですか？」ノックしてオフィスに入るなり、リサは緊張ぎみに尋ねた。支配人に呼びだされて、いい話を聞いたためしはない。たいていの場合、客をバーに連れていく回数が少ないなどといった小言を並べられる。

きのうの晩、あの裕福なフランス人男性に使わせたお金が充分ではないとでも責められるのだろうか。もう彼のことは思い出したくないのに。

リサは今日も朝から精いっぱい働いてきた。重い足どりで中心街《シティー》へ赴き、派遣スタッフとして勤務する会社で夕方まで働いた。そして混雑した通勤列車で帰宅し、ろくに休息もとらないでカジノに出勤したのだ。

「君に出張サービスの指名が入った」小柄でずんぐりしていて、いつも不機嫌な支配人が彼女を見あげて言った。「外で車が待っている」

「出張サービスはしません。最初にはっきりそう言ったはずです」リサは落ち着いて答えた。

支配人は眉を寄せた。「私の機嫌がよくて幸運だったな。おまえはゆうべから幸運続きだ。指名してきたのは、カジノ・ルームでたんまり金を落としていったフランス人だ。おまえのために割増料金を払うと言っているんだから、金に見合うだけのサービスをするんだぞ」

リサは息をのんだ。グザヴィエ・ローランは昨夜のうちに口説く代わりに、〝出張サービス〟を選んだのだろうか？　だとしたら、あまり彼らしくないやり方だ。

「それならタニアが……」

「彼はおまえを指名した。だからおまえが行くんだ。わかったか？　いやなら店をやめてもらう」

事態をのみこんだリサは無表情にうなずき、最悪の気分で部屋を出た。

支配人の命令に従う気は毛頭ない。リサは私物をまとめてカジノを出た。

昨晩と同じく、雨が勢いを増してきている。リサは身を震わせた。しかし、雨に濡《ぬ》れたせいではない。たったいま仕事を失ったからだ。

〝出張サービス〟に出向かなければ、間違いなく解雇されるだろう。悪くすると、今週働いた分の賃金ももらえないかもしれない。

リサは沈んだ心を抱え、足早に大通りへ出た。この時刻ならバスがまだたくさんあるし、地下鉄も走っているから、家までさほど時間はかからない。そのあいだに、早すぎる帰宅の言い訳を考えなければならなかった。したくない仕事を断って首になったとは言いづらい。

苦々しい怒りが胸にわきあがり、リサは憤然として歩いていった。

すると、少し先で見覚えのある車が縁石に寄って止まった。リサは反射的に身をひるがえし、ほかの車を避けながら車道に出た。

「何をしているんだ?」

リサはその呼びかけを無視した。

グザヴィエが駆け寄り、車の流れを縫って道路を渡ろうとする彼女の腕をつかむ。「ひかれるぞ!」

リサはグザヴィエの手を振りほどこうとした。だが、彼の力の強さを思い知らされただけだった。

「放して、変態!」

リサは腕を力いっぱい引いたものの、やはり無駄だった。雨が目に入る。

「なんだって?」

驚いたようなグザヴィエの声を聞き、リサは振り返った。

「放してと言ったのよ。いやな男! あんなふうに私を買おうとするなんて最低だわ。何が〝出張サービス〟よ」

グザヴィエがフランス語で何か言い、彼女の腕をつかんでいる手に力をこめた。

「どうやら誤解があったようだな」

リサはグザヴィエをにらみつけた。しかし、それが間違いのもとだった。彼を見たとたん、またもみぞおちに一撃を受けたような衝撃を覚え、全身に震えが走った。彼に悟られまいと、必死に声を絞りだす。「ばか言わないで。何もかもお見通しよ。〝割増料金で出張サービスの指名〟と聞けば、それ以上の説明はいらないわ。断ったら解雇するって支配人に言われたのよ」

冷たかったグザヴィエのまなざしが変化したのを見て、リサは困惑した。腕をつかんでいた手も緩んだ。とはいえ、離れることはなく、彼はリサを歩道へと導いた。

「やめて」

リサは彼を押しやろうとした。しかしグザヴィエは譲らなかった。

「誤解だ。少なくとも僕は、君を侮辱するつもりはなかった」

グザヴィエは静かに息を吐き、リサの手を放した。だが、彼女はなぜかその場を動く気になれず、激しい雨の中で彼をじっと見ていた。

「また会いたかったんだ」

リサは表情こそ変えなかったものの、内心は混乱していた。目を大きく見開き、あらためて彼の顔を見つめる。

「また会いたかった」グザヴィエは繰り返した。

「どうして？」リサはそっけなく尋ねた。まだグザヴィエを許す気にはなれない。

「どうしてって……家まで送っていったとき、君はすっかり……変身していたからだ」グザヴィエは口ごもりながら答えた。「カジノにいたときとはまったく違う女性になっていた。その女性にもう一度会いたかったんだ」

「なんのために？〝出張サービス〟を楽しむためかしら？」あからさまに尋ねる。

「食事さ」

リサは目をしばたたいた。

「君にごちそうしたかったんだ。だが、君の休みの日などわからないし、僕がロンドンにいられる時間はかぎられている。そこで店に電話をかけ、君の言う〝出張サービス〟ができるかどうか尋ねた。店にはそれなりの料金を払うつもりだったし、食事の誘いを受けるかどうかは君しだいだ」

「食事ですって？」

「ああ、ただの食事だ」

リサは彼を見あげた。雨が顔にかかる。「どうして？」そっけない口調のまま、彼女は繰り返し尋ねた。

グザヴィエの口もとに笑みが浮かんだ。かすかではあるが、笑みには違いない。ちょっと皮肉っぽい、おどけたような微笑だった。

「鏡を見たことはないのかい、リサ？　カジノではなく、家の鏡をね。つまり、ひどい化粧をしていないときに鏡を見れば、僕が君を食事に誘う理由がわかる」

「食事に……」リサは言葉につまった。

「僕はフランス人で、食事というものを大切に考えている。今夜、君と食事をともにしたい。食事だけだ。これで安心したかな？」グザヴィエは問いかけるように眉を上げた。

安心ですって？　リサは驚きのあまり、身じろぎもできずに彼を見あげるばかりだった。この人は私の気持ちを考えて……。

「これでどんな誘いで、どんな誘いではないか、わかっただろう。受けてくれるかな？」

「本当に食事だけなの？」まだ信じられないというように、リサはきいた。

グザヴィエはうなずいた。「急がせて悪いが、できればすぐに返事が欲しい。このロンドンの雨というやつは実に厄介だからな」

リサはそれでも彼を見つめていた。彼の黒い髪は濡れそぼり、まつげの先では雨粒が光っている。なんて長いまつげかしら、とリサはぼんやり考えた。男性にしては長すぎる。だからといって女性的かというと、そうではなくて……リサの胃のあたりがざわめいた。彼女の人生とは無関係のこの男性について考えるたび、必ず起こる反応だった。

女性的というのは、この男性にはもっとも縁遠い言葉ね。長いまつげも彼の場合は男性としての魅力をさらに高めている。

リサは困惑したまま、彼を見あげた。濡れた黒髪がつややかな光沢を帯び、端整な顔をいっそう引き立てている。リサはいつまでも彼を見つめていたかった。

グザヴィエに導かれるまま、彼女は車に乗りこんだ。

何をしているの？

頭の中で非難の声があがったものの、リサはまったく注意を払わなかった。何も考えられず、ただ豪華なシートに座ると、すぐさまグザヴィエが隣に乗りこみ、車が走りだした。

「さあ、シートベルトを着けて」

閉ざされた空間の中では、彼のフランス語なまりがいっそう際立つように感じられ、胸がときめいた。

リサは手探りでシートベルトを締めながら、グザヴィエの様子をうかがった。手慣れた様子でシートベルトを手にしている。彼を見ていたい。何をしているところでもいい、すべてを見ていたい。

でも、彼はお店の客よ。

リサははっとした。場末のカジノでホステスにちやほやされ、安いシャンパンを飲んで、くだらないギャンブルに金を落とすのが楽しいと思っている男たち。彼はその中の一人なのだ。

こんなことはいけない。私がここにいるのは大きな間違いだ。

「どうした?」シートベルトを締める手を止め、グザヴィエが眉を上げた。

「ゆうべ、どうしてカジノに来たの?」リサは髪についた水滴を払いながら、とがめるような口調で尋ねた。グザヴィエの体が一瞬こわばるのがわかった。

「なぜそんなことを?」

「だって、あそこはあなたが足を運ぶような店ではないわ」

彼はあえて否定しなかった。「ただの暇つぶしだよ」淡々と応じる。「シャフツベリー通りの劇場にいたんだが、つまらなくなって途中で出た。すぐホテルへ帰る気にもなれなかったから、たまたま目についたカジノに入ったまでさ」

彼の声音が不意に変化した。そしてまなざしも。

「だが、行ってみてよかった。行かなかったら君と会えなかったからね。正直な話、バス停で君を見るまでは、まったく魅力を感じなかった。本当に驚いたよ。それで、また会いたくなったんだ」グザヴィエは穏やかな表情でリサを見つめた。「僕との食事は、君にとってはそんなに大ごとなのか?」

リサはうろたえ、視線を泳がせた。

こんなまねをしていてはいけない。車を止めてもらい、家に帰るべきだ。早く現実の世界へ戻ろう。いますぐ車から降りなさい。そう命じる声が、リサの頭の中でこだました。そのとき、別の考えが脳裏をよぎった。

このまま車から降りなければ、カジノでの仕事を続けていられる。支配人には、私が彼と何をしたかまではわからないのだから。

でも、この人は本当に食事だけのつもりなの？

信じていいのだろうか？

「本当に食事だけなのね？」リサは語気を強めて念を押した。

「そうだ。ホテルのレストランでね。きちんとした食事だ、保証するよ《ジュ・ヴ・ザスウル》」

リサは必死にフランス語を聞き取った。

グザヴィエは彼女に対して〝ヴ〟を使った。それは敬意を示す二人称で、親しさや優越感ではなく、丁寧な印象を与える言葉だった。

それでも彼女は迷った。こんなことをしていてはいけない。仕事がないのなら、早く家に帰るべきだ。けれども、この男性と食事をともにして楽しい思い出がつくれれば……。

リサは深呼吸をしてから、グザヴィエを見すえた。

「ありがとう《メルシー》。喜んでお受けします《イル・ム・フエ・タン・グラン・プレズィル・ド・ザクセプテ》、ムッシュー」慎重にフランス語で応じてから、心もとなげに彼の顔を見やる。「通じたかしら？」

「完璧《かんぺき》だったよ」グザヴィエは緊張を解き、口もとに笑みを浮かべた。「どこでフランス語を習ったんだい？」

「学校よ。でも、会話を続けたり小説を読んだりすることはできないわ。イギリス人やアメリカ人って、ほかの国の言葉を知らなくてもあまり不自由しないから、外国語に対する関心が低いの。よくないわよね。あなたがフランス以外でお仕事をするときは、英語で話す場合が多いんでしょう？」

よけいなおしゃべりかもしれないと思いつつも、当たり障りのない会話が無難だという気持ちから、リサはそんな話をした。自分の仕事とは関係のない話題のほうがありがたかった。

「確かに英語は共通語として世界各地で通用しているが、僕はほかにもスペイン語やイタリア語、それにドイツ語も少し話せる」

「スペイン語だったら〝カフェオレをお願い《カフェ・コン・レチエ・ポル・ファボール》〟、イタリア語は〝大聖堂はどこですか？《ドヴェ・イル・カテドラレ》〟、これで全部だわ。ドイツ語は〝お願い《ビッテ》〟と〝ありがとう《ダンケ》〟だけ。まだあったわ。ギリシア語でも〝ありがとう《エフハリスト》〟って言える。でも、本当にそれだけよ」リサは恥ずかしそうに笑った。

グザヴィエの濃い褐色の瞳が長いまつげに隠された。彼のまつげにもう雨粒はついていない。とはいえ、髪はまだ濡れたままだ。リサの髪も同じで、水滴が背中を伝い下りるのを感じていた。

ふとリサは気づいた。こんな濡れねずみ同然の格好では、ホテルのレストランには入れない。女性用の更衣室にはたぶんドライヤーがあるから、そこで髪くらいは直せるだろう。化粧も少しはしたほうがいい。道具ならバッグの中にある。

問題は服だった。ジーンズに上着という格好で大丈夫かしら？　リサはめまぐるしく頭を働かせた。彼は少しも気にしていない様子だ。そうでなければ、こんなふうに食事に誘ったりはしないだろう。

それにしても、なぜ食事に？

この疑問が浮かびあがるたび、リサはほかのことは何も考えられなくなった。

〝鏡を見たことはないのかい？〟

不意にグザヴィエの言葉がよみがえり、リサの全身に震えが走った。私は本当に、彼のような男性の関心を引ける女性なのだろうか？　グザヴィエ・ローランのような洗練されたフランス人男性は、美しくて上品で、全身をデザイナーズ・ブランドの服で包んだ女性としか交際しないんじゃないかしら？

さまざまな疑念がわいてきたものの、リサはそれを無視することにした。グザヴィエ・ローランが私に興味を持ったというのなら、それでいい。

心を決めると、リサの胸に喜びがあふれた。ただ食事をするだけだけれど、今夜は精いっぱい楽しもう。

十五分後、車はウエストエンドにある最高級のホテルに到着した。大理石の床がまぶしい豪勢なロビーに入っていくと、リサの予想していなかった展開が待ち受けていた。

「ブティックがまだ開いている」グザヴィエが言った。「君に似合う服が見つかるはずだ」

リサはびっくりして足を止めた。「なんですって？」

「君は全身ずぶ濡れだ」グザヴィエは彼女を見下ろした。「僕も同じだ。それに、ここのレストランにはドレスコードがあるから、ジーンズでは入れてくれそうにない。ホテルのブティックで服を買ったほうがいいだろう」

リサは息をのんだ。「こんなところで買い物をする余裕なんかないわ」

「支払いは僕が――」

リサは遮るようにかぶりを振った。すばやく、きっぱりとした動作で。「ムッシュー・ローラン、私は男性に服を買ってもらったりはしないの」

グザヴィエは彼女を見つめた。「だったら、僕に借りるということにしたらどうだい？　帰るときに僕が引き取るから」

「ドレスコードのない店に行けばいいんじゃないかしら？」リサは思いきって提案した。「このあたりにはレストランがたくさんあるわ」

「いや、もう予約を入れてあるんだ。とても腕のいいフランス人シェフがいてね。僕はこの街では、フランス人のシェフがいるところでしか食べないことにしている。そうやって自分の胃腸を守っているんだ」

彼の口調にはユーモアがこめられていた。

「いまの言葉を聞いたら、肉切り包丁で切り刻んでやると息巻くイギリス人シェフが大勢いるでしょうね」リサは愉快そうに言い返した。

軽口のやり取りが、二人のあいだになごやかな雰囲気をかもしだした。

「であればなおさら、安全な店で食事をしなければいけない。さあ、そこのブティックでドレスを選んでくれるかな？」

「ええ、わかったわ」リサは降参とばかりに両手を上げた。「本当は気が進まないけれど」

グザヴィエの目の奥で何かがきらめいた。しかしリサはそれに気づかず、ロビーに立つ彼の堂々たる姿にいまさらながら見とれていた。

「では、服を着替えて二十分後にカクテル・ラウンジで落ち合おう。僕も着替えてくる」ブティックの女性店員がさりげなく近づいてきたのを目に留め、彼は声をかけた。「着替えをする部屋はあるね？」

「もちろんです」店員はにこやかな笑みを浮かべて答えた。「お連れの方がお召し物をお探しですか？ それに履き物も？」

「君が必要だと思うものはすべてそろえてほしい。代金は僕の部屋につけておいてくれ」

グザヴィエは店員に部屋の番号を伝えてから、じゃあまたあとで、とリサに告げて店を出た。

彼はロビーを横切ってエレベーターホールへ行き、自分の部屋のある階に上がった。

濡れた服を早く脱ぎ、シャワーを浴びて着替えたかった。考えを整理する時間も欲しかった。

グザヴィエの頭は、リサ・スティーヴンズのせいですっかり混乱していた。肌に痛いほどの勢いで熱いシャワーを浴びながら、彼の予想を裏切り続けるリサの行動に思いを巡らした。

昨夜、ホステスとしての化粧や服を取り去ると、彼女はまったくの別人になった。そして今日は、僕にコールガールのように呼びだされたと考えて逆上した。そのうえ、服を買うという僕の申し出に強い抵抗を示した。

グザヴィエはシャワーを止め、バスタオルで体をふいた。

リサ・スティーヴンズは何かのゲームでもしているのか？　彼女はどんな男性にもああいった態度をとるのだろうか？　それとも僕にだけ？

グザヴィエはいらだたしげにバスタオルを投げだし、鏡に映る自分を見た。

自分の魅力は承知している。女性なら簡単に口説き落とせる。容貌《ようぼう》に加え、資産も社会的地位もある。リサ・スティーヴンズは僕の何に惹《ひ》かれているのだろう？

突然、グザヴィエの目が険を帯びた。アルマンについてはどうなのだろう？

確かめなければならない、重要な問題だ。

そのとき、彼はすでに答えを得ていることに気づき、誰かに力任せになぐられたかのような衝撃を受けた。

アルマンと恋愛関係にある女性が、なぜ今夜、別の男とここに来ているんだ？　どうやら、彼女にとってのアルマンは、ほかの男性との食事を思いとどまらせるほどの存在ではないらしい。

とはいえ、恋人以外の男性と食事をするのは罪に値するだろうか？　彼女は何度も確認していたではないか、本当に食事だけなのかと。

また別の考えが浮かんだ。雨の中で怒っていたとき、彼女はなんと言った？　〝出張サービス〟を断ったら解雇されると言っていた気がする。それが誘いに乗ってきた理由だろうか？　僕と食事をするのは解雇を免れるため？

グザヴィエは鏡から目をそらした。いまだに彼女の本性をつかみきれない。小さく悪態をついてから、彼は寝室に戻り、身支度を始めた。

不愉快だった。アルマンのことも、リサのことも腹立たしい。リサがアルマンと結婚するのにふさわしいかどうかを調べるという行為が、ひどくばかげたものに思えてきた。

シルクのネクタイを締め、上着の袖《そで》に腕を通しているとき、グザヴィエの脳裏をある思いがよぎった。ドレスコードに見合う装いをしたリサはどんなふうだろう？

その答えを得るため、グザヴィエは財布と鍵《かぎ》を上着の内ポケットに入れ、部屋をあとにした。

もはやアルマンのことはグザヴィエの頭の中になかった。ただ一つの思いで占められていた。

リサは理解しがたい女性だ。なんとしても彼女の本質を見極めたい。

5

リサは背筋を伸ばし、カクテル・ラウンジの革張りの安楽椅子に浅く腰かけていた。

あたりを見まわしたりはしなかった。周囲にいる男性と目を合わせるのがいやだったからだ。数分前に入ってきたとき、リサは彼らの視線を強烈に意識した。女性たちもまた、リサを品定めするかのような視線を向けてきた。

ラウンジの照明は淡く、グランドピアノから静かな音楽が流れ、古めかしいカウンターの向こうでは大勢のバーテンダーが立ち働いている。

こんな場所に来たのは初めてだった。気兼ねなくおしゃれやデートを楽しめたころでさえ、背伸びして五つ星のホテルに入ったりはしなかった。

いまの私に似つかわしくない場所だという思いに駆られ、リサはいささか委縮していた。

ウエイターがやってきた。慇懃《いんぎん》に注文をきく彼にリサは言った。

「炭酸入りのミネラルウォーターをお願いします」

たぶん、ミネラルウォーターでさえ、彼女が気軽に支払える額ではないだろう。

ウエイターはすぐに戻ってきた。ボトルとグラス、薄切りのレモン、氷、それにドライ・ナッツの小皿が、彼女の前の小さなテーブルに並べられた。

ウエイターがついでくれた水を、リサは落ち着かない気分でひと口飲んだ。それからグラスを置き、出入口のほうを見た。

グザヴィエが言った〝二十分後〟はもう過ぎていた。リサは約束の時間に遅れないよう、かなり急がなければならなかった。店員にすすめられた最初のドレスに決め、それに合う靴とストッキングを出してもらった。そのあと女性用の広々とした更衣室で着替えをし、係員の手を借りて化粧や髪のセットをすませたのだった。

リサはもうひと口水を飲んでから、ナッツをつまもうかどうか迷った。結局、指をよごすのがいやで、やめることにした。

頭の中は混乱していたが、リサはあえて深く考えないよう努めた。自分が何をしているのか、いまは考えないほうが賢明に思える。カジノでの仕事を続けるために必要なことだと割り切るしかない。

それに、思い出をつくるためにも。これまで出会ったなかで最高にすてきな男性とともに、夢のようなひとときを過ごすのだ。

そのとき、グザヴィエがラウンジに入ってきた。彼の姿を見たリサは失神しかねないほどうろたえた。

グザヴィエもリサの姿を見て、みぞおちにパンチを食らったような衝撃を感じていた。彼女のほうへ歩いていくあいだ、ほかのものは何一つ目に入らなかった。すばらしい女性だ。美しく、非の打ちどころがない。

髪はつややかで長く、後ろに撫《な》でつけられていた。顔には、カジノで見たときとはまったく違う上品な化粧が施されている。控えめなアイシャドーがきらきらと輝く瞳を引き立て、陰影をつけた頬のラインも見事で、光沢のある口紅が官能的な唇の曲線を完《かん》璧《ぺき》に縁取っていた。

そしてドレス――シンプルながら美しいデザインのシフトドレスは、リサの明るい髪の色とよく合うコーヒー色だった。

わざとバスに乗り遅れさせ、家まで送ると申し出たとき以来、ずっと見たいと思っていたリサ・ステイーヴンズの姿が、そこにあった。

リサが彼の車に乗るよう仕組んだ昨夜の一件には重大な目的があったのに、いまはそれを思い出せない。そんなことを考えている余裕はなかった。グザヴィエは彼女の前に立ち、じっと見つめた。

「信じられないよ」

彼の声はかすれていた。リサは困惑し、問いかけるように小首をかしげて彼を見あげた。その拍子に唇が少し開く。

「信じられない」

グザヴィエはもう一度つぶやいた。リサの姿の細部まで見逃すまいとするように全身を眺めまわしてから、まともに息もできないでいる彼女と目を合わせた。

「きっと美しくなるだろうと思っていたが、予想以上だ」

さらに数秒ほど彼女を見つめてから、グザヴィエは突然スイッチが入ったかのように満面に笑みをたたえた。

リサを見つめたまま、彼は優雅な身ごなしで隣に座った。すぐに、さきほどと同じウエイターが控えめに近づいてきた。

グザヴィエ・ローランの視線がリサから離れてウエイターに注がれているあいだ、彼女はようやく肺の中に酸素が戻ってきた気がした。それもつかの間、ウエイターが立ち去るや、グザヴィエに再び見つめられ、息苦しくなった。

「本当にすてきだよ」

とろけるような甘い声が胸にしみ入り、リサは言葉を失った。昨夜、彼がカジノに入ってきたのを見た瞬間、それまで知っていた男性とは違うと直感した。しかし、彼の本領はまだ発揮されていなかったらしい。

リサはかつて経験したことのない感覚を味わっていた。体ごと浮きあがり、どこへとも知らず運ばれていく気分だった。いったい私に何が起こっているのかしら？

「お待たせしました、シャンパンです」

リサははっと我に返った。

再び現れたウエイターが、アイス・バケットに入ったシャンパンをテーブルに置いた。それから細長いグラスに少量つぎ、グザヴィエに差しだす。彼は慣れた様子でシャンパンの香りを嗅《か》ぎ、口に含んだ。

彼がうなずくと、ウエイターはリサのグラスにシャンパンをつぎ、それからグザヴィエのグラスを満たして立ち去った。

「では、乾杯」

グザヴィエのかけ声で二人はグラスを合わせた。

リサはひと口飲み、グラスを置いた。

「ゆうべのよりはましだろう？」

グザヴィエが皮肉っぽく言い、眉を上げてみせると、リサは思わずほほ笑んだ。

「あれはシャンパンとも言えない代物でしょう？」

「そう、これが本物のシャンパンさ。最上級というわけではないが、かなりよいものだ。それも、当り年のね」グザヴィエは言い、ひと口飲んだ。

リサも彼にならった。「おいしいわ。カジノで出しているシャンパンは、値段ばかり高くて中身は最悪でしょう。このシャンパンはまったく別物だってわかるわ。どうしてこんなにおいしくなるの？」

「理由はいろいろある。ぶどう、土、気候……とりわけ醸造元の主人の鼻が大事なんだ。シャンパンの特徴を決める、原料調合の責任者の鼻がね」グザヴィエは細長いグラスを持ったまま椅子の背にもたれた。

リサは彼の手もとに目をやった。彼の長い指で頬に触れられるのはどんな感じかしら？　そんな想像を巡らしている自分に気づき、彼女はあわてて視線をそらして彼の話に耳を傾けた。

グザヴィエは年代もののシャンパンがどのようにつくられるかについて話していた。彼が言葉を発するときの美しい抑揚を耳にしているだけでも楽しかったし、彼の注意が自分一人に向けられているのもうれしかった。

リサがときおり投げかける質問に、グザヴィエは丁寧に答えた。彼にとってはシャンパンの話題は好都合だった。あまり考えずに話せるからだ。

理屈抜きで、グザヴィエは彼女をひたすら見ていたかった。リサ・スティーヴンズがシャンパンのグラスを持つときの優雅で自然なしぐさや、それを口もとに運んでいくさま、柔らかそうな唇がグラスに触れる様子を眺めていたかった。こちらを見つめる彼女の澄んだ瞳を見ていたかった。

「テーブルの準備が整いました。お移りになられますか？」

ラウンジに隣接するレストランの給仕長が現れ、うやうやしく声をかけてきた。グザヴィエはうなずき、立ちあがった。

「行こうか?」

促され、リサも席を立った。足もとがおぼつかなかったが、シャンパンが原因ではない。すべては、これから食事をともにする男性のせいだった。

レストランへと歩いていきながら、リサはグザヴィエの視線を強烈に意識していた。自分が魅力的な女性になった気がした。

二人は給仕長の案内で、ダイニングルームの奥にある、人目につかないテーブルについた。

すると、間をおかずに、シェフ自身がわざわざ調理場からやってきた。グザヴィエはシェフと言葉を交わしながら、時間をかけてメニューを決めていった。

リサはそのやり取りを聞きながらシャンパンを飲み、しだいに気分がくつろいでいくのを感じた。ウエイターの気配りが行き届いているため、彼女のグラスがからになることはなく、どれくらい飲んだのか正確にはわからなかった。注意しなければいけないと自覚しながらも、その意識自体がすでにあやふやになっていた。

用心や警戒、分別といった言葉は、いまのリサには縁遠かった。彼女は魔法をかけられたも同然だった。

見つめられただけで胸が高鳴る男性と、同じテーブルについている。彼の存在を体が震えるほどはっきりと意識し、彼のなめらかで美しい声がまじないのように聞こえる。すべてが魔法だった。

食事も、その最中は永遠に続きそうな気がしていたが、終わってみればあっという間だった。食後に飲んだコーヒーの香りは、ワインと同じくらい強烈だった。

どうやらワインを飲みすぎたらしかった。しかし、リサはそれでもかまわないと思った。この胸の高鳴りは、アルコールやカフェインとはまったく関係ないのだから。

胸の高鳴りは、一も二もなく正面に座っている男性がもたらしたものだった。

不意に静けさが二人を包んだ。周囲の客はすでに席を立ち、いまや店内はほとんど無人だった。おしゃべりも物音もない、人気のなくなったレストランは、ひどく親密な雰囲気に満ちていた。

その親密さは実際に肌で感じられるほどで、まるで全身を繭か何かに包まれ、その柔らかな内壁に肌を撫でられているようだった。

リサはグザヴィエを見つめた。いつの時点で彼がカジノの客から〝グザヴィエ〟になったのか、彼女にはもうわからなかった。

グザヴィエ……その名をいつくしむように、心の中でそっと呼んでみる。すると胸が熱くなり、彼の温かなまなざしに愛撫《あいぶ》されている気がした。彼と視線を合わせ、濃い褐色の瞳を奥深くまでのぞきこむ。その美しい瞳に見つめられていると、自分が体の奥からゆっくりと溶けていくようだった。

コーヒーのカップに添えたリサの手が止まった。グザヴィエの手がダマスク織のテーブルクロスの上を滑ってくる。近づく彼の手の動きが、彼女の目にはスローモーションのように見えた。

ほどなく彼の繊細で長い指がリサの指に触れたかと思うと、彼女の手全体を大きな手の中にすっぽりと包みこんだ。

彼に触れられている部分から、熱く刺すような感覚がざわざわと広がっていく。

グザヴィエは無言で彼女をじっと見ていた。リサはいまこのとき、時間が止まり、全世界が静止した気がした。

やがて彼はかすれた低い声で、リサが待ち望んでいた言葉を口にした。

「君が欲しい。今夜、僕と一緒に過ごしてくれるかい？」

グザヴィエはささやきながら、ある感情が胸の中にあふれだすのを感じていた。

この日ずっと、彼はその感情を意識していた。決して荒々しいものではないが、それでいて彼自身を圧倒しかねないほど力強い感情だった。一気に押し流されてしまいそうなほど激しいこの感情は、どこからきたのだろう？　忘れてはいけない事柄までも、どこかへ吹き飛ばされてしまいそうだ。

忘れるわけにはいかないといくら自戒しても、その感情は強まる一方だった。

あらがおうとしたが、激流に逆らって泳ぐかのごとく、まったく思うに任せない。まさかこんな展開になるとは思わなかった。なんとしても、途中でやめるべきだった。

しかし、グザヴィエはできなかった。手の施しようがない感情の奔流に翻弄《ほんろう》され、いまに至ってしまったのだ。

リサを見つめ、彼女の手を握っていると、ほかのことは何も考えられなかった。

グザヴィエはリサの目がきらめくのを見た。続いてリサの唇が開き、ゆっくりとため息まじりに言うのを聞いた。

「できないわ……」

一瞬、グザヴィエは凍りついた。彼女から目を離さずに尋ねる。「なぜ？」

無意識のうちにグザヴィエはリサの手を握りしめていた。

リサの目が見開かれると、グザヴィエはその目に吸いこまれそうな気がした。

「できないわ」リサは顔をこわばらせて繰り返した。「だって……無責任なことはできないもの」

「ほかに大切な人がいる、ということか？」グザヴイエは語気鋭く問いかけた。

「ええ」真実を言うときが訪れたと察し、リサはおもむろにうなずいた。「私にはとても大切な人がいるの」

グザヴィエの口もとがゆがみ、同時に手の力が緩んだ。それから、彼は不意にリサの手をほうりだした。あたかもそれが毒蛇ででもあるかのように。

「なのに、僕と食事をしたのか？」一語一語に力をこめて彼は尋ねた。

リサは唇を噛《か》んだ。グザヴィエは彼女の白い歯が柔らかそうな唇に食いこむさまを目にして、胸にナイフを突き刺されたような痛みを覚えた。

「しかたがなかったのよ。言ったでしょう……」リサは苦しげな表情を浮かべた。

グザヴィエは顔をしかめた。「ああ、そうだった。支配人に、僕の誘いを断ったら解雇すると脅されていたんだったね」

「そうよ」リサは小声で応じ、彼と目を合わせようとしなかった。

グザヴィエは唐突に立ちあがった。「誤解してすまなかった、マドモアゼル。おかしなことを言いだした僕を許してくれ。車で送らせよう。支配人のところでも自宅でも、君の言う〝とても大切な人〟のところでも、どこでも好きな場所まで乗っていきたまえ」彼はそっけなく手を振り、リサを残してレストランをあとにした。

目もくらむような激しい怒りに、グザヴィエは全身をわなわなと震わせていた。いまや彼の目には何も映っていなかった。

筋が通らない。おかしい。次々と疑念がわいてくる。レストランを出て豪華なロビーを横切り、エレベーターホールに着くなり、グザヴィエは力任せにボタンを押した。

さっさとこの場を離れたかった。

くそっ。こんな羽目に陥るとは。美しく装ったリサは僕をじっと見つめていた。そして僕がとうとう我慢しきれなくなって手を伸ばしたとたん、きっぱりと拒絶した。

だめ、と彼女は言った。

わずかひとことで、リサは僕の望むものを否定したのだ。

グザヴィエは彼女が欲しかった。たったいま、今夜、リサとベッドをともにしたかった。

あのほっそりとした腰に手を滑らせ、甘く柔らかそうな唇を味わう。しっかり抱き寄せ、豊かな胸のふくらみをこの手でじかに感じ取る。それから背骨を指でなぞり、繊細なカーブを描くうなじを撫でて、官能的なキスで気持ちを高め合う……。

グザヴィエは全身がこわばるのを感じた。限界寸前までに高まった感情を、リサはたったひとことで打ち砕いた。

だめ。

エレベーターのドアが開き、彼はすばやく乗りこんだ。そこではっとした。記憶をたぐり寄せ、眉を寄せる。

彼女は〝だめ〟とは言わず、たしか別の表現を使った。

閉まりかけたドアをグザヴィエは手を伸ばして押さえた。再びドアが開くと、彼は大理石の床に足を踏みだした。

リサ・スティーヴンズは僕の申し出に対して〝できない〟と答えた。間違いない。

グザヴィエはその場に立ちすくんだ。いらだちや否定的な感情や強い怒りが、しだいにやわらいでいく。

激しい感情が薄れるとともに、頭の中に、彼女の低い声が再び響いた。

〝できないわ〟

彼女はその理由として、〝とても大切な人〟がいることを挙げた。

激情に駆られたせいでまともに働いていなかった頭の中に、彼女の言葉がよみがえる。同時に、自分がリサに近づいた本来の目的をグザヴィエは思い出した。

リサ・スティーヴンズは僕を拒絶した。リサには〝とても大切な人〟がいて、その人のために僕を拒絶した。その誰かとはアルマンにほかならない。僕を拒絶したという事実が意味するのは……リサ・スティーヴンズがアルマンのために貞節を守った、ということだ。

リサはアルマンを愛しているのか？　それは、みすぼらしい家に住んでカジノで働くような生活から抜けだしたい一心からだろうか？

わからない。わかりようがなかった。

これだけの時間をともに過ごし、いろいろな話をしたというのに、リサという女性はまだなぞに満ちていた。矛盾が多すぎる。

彼女は美しいうえに、知的でもあった。なのにあんな店で働いている。毎晩、娼婦《しょうふ》同然の格好をしていながら、実際に娼婦なみの仕事を要求されると、解雇されるのを覚悟のうえで拒絶しようとする。裕福な男性からの食事の誘いを受けながらも、食事に着ていく服を買ってもらうのはいやがる。男性の目の奥深くをうっとりと見つめておきながら、いざとなると〝できないわ〟とはねつける。

グザヴィエはひどく疲れた気分だった。

僕にはこれ以上何もできない。アルマンが結婚したいという女性の本当の姿を知るために、できることはすべて試みたのだから。

むなしい笑いがこみあげてきた。皮肉な現実が胸にしみる。ただ一つ、グザヴィエは彼女についての真実を発見したが、それを認めるのは苦しいことだった。

こんな苦しい状況に陥ってしまうとは。

グザヴィエはリサが欲しくてたまらなかった。自分のものにしたかった。

弟であるアルマンが結婚しようとしている女性だというのに。

禁じられた欲望……。

考えることさえ忌まわしかった。

6

リサは身じろぎもせずに座っていた。今夜の魔法はすべて解けてしまった。

こんなふうになるとは思ってもいなかった。なんて残酷な終わり方だろう。

リサの口もとがゆがんだ。

じゃあ、どんなふうになると思っていたわけ？ 本当は何も考えていなかったんでしょう？

魔法にかけられた気分で浮き足立ち、どんな結末を迎えるかなど考えもしなかった。できるならグザヴィエとの食事が永遠に続いてほしかった。

けれど、もちろんそんなことはありえない。零時を告げる鐘とともに魔法は消えるのだ。思い出のみを残して。

胸を切り刻まれたようで、苦しくてたまらない。

むろん、いずれ魔法の時間は終わるとリサはわかっていた。しかし、こういう終わり方になろうとは予想だにしなかった。

残酷なほど礼儀正しいグザヴィエの口調と、腐った肉でもつかんでいたかのように彼女の手をほうりだした光景が脳裏によみがえる。

リサはあふれそうになる涙を必死にこらえた。自分に腹が立っていた。

グザヴィエは食事だけと言った。しかし彼は、それ以上の思惑を秘めていたからこそ、拒絶されて腹を立てたのだろう。男性というのは拒絶されるのを嫌うものだし、そもそもグザヴィエのような男性はそんな経験など皆無なのだ。私は彼の自尊心を傷つけた。だから彼は席を立ち、ひとりで出ていってしまったのだ。

とはいえ、あんな態度をとるのはグザヴィエらしくない、とリサは思った。今夜の彼はずっと紳士的で、少し皮肉のきいたユーモアでリサを楽しませてくれた。非の打ちどころがない、すてきな食事相手だった。まさしく魔法としか言いようのないひとときだった。

それが、いきなり立ち去ってしまうなんて。喉が締めつけられ、リサはコーヒーを口に含んで無理に流しこんだ。

それにしても、グザヴィエの怒りようはあまりにも唐突だった、とリサはため息をついた。

彼ほど洗練されていて、女性経験も豊富なはずの男性ならば、拒絶されても、もっと優雅に受け流すのではないかしら？

知的で冷静で、魅力的な瞳や声の持ち主であるグザヴィエ・ローランといえども、多くの男性同様、女性との食事代にはそのあとの余録も含まれるものと決めこんでいるのだろうか？

リサは静かに立ちあがった。支払いは店の者が処理してくれるはずだ。ウエイターが丁重に見送ってくれたものの、同伴者に置き去りにされたという事実は隠しようがなかった。

だからどうしたというの？　彼女は重いため息をついた。どうでもいいことだわ。どんなに魅力的だろうと、グザヴィエ・ローランもまた、カジノのホステスを〝出張サービス〟で呼びだして好き勝手に楽しもうとする下品な客と大差ない。それがわかっただけよ。

むしろ、下心が透けて見える客たちのほうが正直だとも言える。

リサは背筋をぴんと伸ばし、レストランを出た。

家に帰る前に着替えをしなければならない。自分の服はブティックでもらった袋に入れ、クロークに預けてある。まだ濡《ぬ》れているだろうが、別にかまわない。

着替えをすませ、ドレスとストッキングと靴をブティックの袋におさめたら、グザヴィエ・ローランに届けるようコンシェルジェに頼もう。

そのあとで彼が服をどうするかなんて、私の知ったことじゃないわ。彼はこのドレスを別の女性に着せ、夕食を……そして朝食をともにするのかしら？

「リサ……」

不意に聞こえてきたグザヴィエの声に、リサは思わず足を止めていた。

エレベーターホールにいたグザヴィエが、こちらに向かってまっすぐ歩いてくる。リサは安全な女性用更衣室を目指して逃げだした。

無事に更衣室まで行き着き、中に飛びこむ。つかの間、震える脚でその場に立ちつくしたあと、急いで個室に入って鍵《かぎ》をかけた。

真実が胸に重くのしかかってくる。

リサは自分に嘘《うそ》をついているとわかっていた。いくら彼を悪く言おうと、隠しきれない。

できることなら、さきほどの彼の申し出を受け入れたかった。

リサは目を閉じてうなだれた。もしかしたら、私は本当にそうしていたかもしれない。グザヴィエに手を引かれ、彼の部屋へ行き、たくましい腕の中で、彼を初めて見た瞬間から焦がれていたキスを受けていたかもしれない。そして、情熱の赴くままに体まで差しだして……。

何時間でもかまわない。彼が望むならひと晩でも、いいえ、たった一時間でもいい。

彼にはそう思わせる力がある。避けることも止めることもできない勢いで押し寄せてきて、私の欲望を刺激する力が。

リサは目を閉じたまま顔を上げた。

けれど、その欲望が満たされることは決してないだろう。

いまの自分の立場を考えたら、どんなにそうしたくても、グザヴィエの誘いに応じるわけにはいかない。不可能だ。

リサは顎をぐいと上げた。あれでよかったのよ。受け入れなくて幸いだった。〝できない〟と言えてよかった。おかげで、グザヴィエ・ローランの隠された一面がわかったのだから。

リサは全身に怒りがみなぎるのを感じた。それがうれしかった。これで弱い心を追い払えるはずだ。男性を見る目がいっそう確かになり、魔法の裏に潜むものを見抜けるようになる。

心を強く持たなければならない。着替えをすませてこのホテルをあとにし、家に帰らなくては。そして現実の世界に戻るのだ。

リサはいったん個室から出てカウンターで自分の服を引き取り、また戻った。ジーンズはまだ湿っていたが、上着は充分に乾いていた。この時間ならまだ地下鉄が走っているし、車内は暖かいだろう。リサはカジノではなく自宅に帰るつもりだった。今夜はホステスの仕事に耐えられそうもない。

グザヴィエ・ローランは支配人に文句を言うだろうか？　甘い言葉で私をだますようなまねをしたのに？

そうなったらしかたがない。カジノを出てきたとき、すでに解雇を覚悟していたのだから。解雇が現実になったら、そのときはそのときだ。

分不相応な額のチップを係員に払い、リサは化粧室を出た。美しいシルクのドレスとストッキングと靴は、きちんと袋におさまっている。

ロビーを横切りながら、リサはあたりを見まわした。ありがたいことに、グザヴィエの姿はどこにもない。部屋へ戻ったらしい。彼女は疲れた足どりでコンシェルジェのデスクに歩み寄り、ブティックの袋を渡した。

「ミスター・グザヴィエ・ローランに届けてちょうだい。部屋番号はわからないの」手短に言う。

「承知しました」制服姿のコンシェルジェは軽く頭を下げ、袋を受け取った。

リサも頭を下げ、きびすを返した。回転ドアを抜け、ホテルの正面玄関に出る。目の前が車寄せだった。

グザヴィエの運転手つきの車はまだ私を待っているかしら？　しかし、いまの彼女にはどうでもいいことだった。いずれにしろ、彼の車に乗るつもりはない。近くに地下鉄の駅がある。外は寒かったが、幸い雨は上がっていた。

早く家に帰りたい一心で駅の方向に足を踏みだしたとき、グザヴィエの姿が目に飛びこんできた。数メートル先で、カシミアのコートのポケットに手を入れて待ち構えていた。

歩み寄ってくる彼を無視して、リサはわきをすり抜けようとした。しかし、とたんに行く手を遮られ、肘をつかまれた。

「リサ、お願いだ、謝らせてほしい」グザヴィエは彼女を見つめて言った。

リサが見つめ返すなり、彼はすかさず言葉を継いだ。

「ひどい態度をとってしまった。僕がばかだった。本当にすまない」

グザヴィエは彼女を人目につかないエントランスの隅に連れていった。

リサを見下ろす彼の目の中には、それまでになかった感情が浮かんでいる。なぜか彼の様子は様変わりしていた。心臓が早鐘を打ちだし、リサは息苦しさを覚えた。

「大切な人がほかにいるというなら、理解できる。正直に話してくれた君はすばらしい。なのにこんなことになってしまった責任は僕にある。本当にすまない。食事に招待するだけだと言ったときは、実際そのつもりだったんだ。それ以上のことは考えていなかった……」

彼は呼吸を整えてから続けた。

「だが、ドレスを着た君を見てショックを受けた。言い訳はしない。君も同じように感じていると思っていた。それで、さっきみたいな申し出をしたんだ。君を侮辱するつもりは毛頭なかった」

グザヴィエに熱のこもった視線を注がれ、リサは膝から力が抜け、その場にくずおれそうだった。いつの間にか彼の手が肩に移り、二人の距離は近くなっていた。

「君はきれいだ。君が自由の身でないとわかったいまも、いや、わかったからこそ、頼む、今回だけは許してほしい」

グザヴィエは顔を寄せ、唇を重ねた。

リサにとってそれはすばらしいキスだった。柔らかで繊細な唇と唇の触れ合い。その一瞬、リサはグザヴィエに身を任せた。彼の魔法がかかったキスに、リサはこれまで知らなかった喜びを味わった。

やがてグザヴィエは静かに身を引き、彼女から離れた。

「さようなら、リサ」グザヴィエはささやくような声で言った。

そして、彼はリサのもとから去った。

7

「今度は保険会社です」

派遣会社の女性スタッフが事務的な口調で告げた。リサは意識を集中するのに必死だった。とにかく疲れていた。

夜遅くまでカジノで働いていれば、それも当然だろう。とはいえ、まだカジノでの仕事を続けていられることに感謝していた。あやうく解雇されかけたのだから。

疲労よりもつらいものがあった。世界じゅうのあらゆるものから色彩が失われてしまったことだ。身のまわりのものすべてが灰色に見えた。

たった一つ、鮮やかな色彩にあふれているのは、あの晩の思い出だった。それは決して忘れられないすばらしいひとときで、リサの中で宝石のような輝きを放っていた。思い出すたび、胸が痛んだ。

それでも、正しい決断だったとリサは考えていた。もし誘惑に屈していたら、いまごろはもっとつらい思いをしていたに違いない。ひと晩を、いや一時間でも彼のベッドの中で過ごしたら、いま以上に彼を求めていたに違いない。

私にはほかにやらなければならないことが、果たさなければならない責任がある。

グザヴィエ・ローランを忘れなければいけない。彼に寄せる思いは〝かなわない夢〟の箱の中に封じこめよう。

リサの人生には〝かなわない夢〟がたくさんあった。それらはすべて、あの恐ろしい事故とともに封印されたままだった。

無傷だったのはリサの体だけだった。

生き残った者の常として、リサは罪悪感にさいなまれた。救急治療室の椅子から立ちあがったとき、自分の脚が無事であること、自分の体が無事であることがひどく後ろめたかった。そして、強烈な罪の意識の中で決意した。昼も夜も働いて必要なお金を稼ごう、と。

けれども、充分な金額に達する日がはたしてやってくるのかしら？　リサの頭の中に、ふといけない考えが浮かんだ。

もし、アルマンが……。

しかし、アルマンからの連絡が途絶えたまま、もう何日も過ぎていた。

スタッフとの打ち合わせが終わるや、リサは立ちあがり、保険会社へ行く準備を始めた。少なくとも、派遣社員は常勤よりも給料がいいし、病院へ行くための休暇をとる際も融通がきく。

心の中に、リサを苦しめ続ける光景がよみがえった。病院の礼拝堂に横たわっている二つの冷たい遺体。その光景はいまもなお彼女の脳裏にこびりつき、離れることがない。

そしてもう一つの体。生きてはいるが、ひどい傷を負っている。

リサは痛いほどの罪悪感を感じた。自分だけが無事だったという罪に加え、いまの自分の人生にないものを求めてしまう罪。

私はグザヴィエ・ローランを心の底から求めている。けれども、その願いがかなうことは決してないだろう。

グザヴィエは〈グゼル〉のオフィスでコンピュータを前に、未開封のメールを暗い顔つきでチェックしていた。

アルマンからのメールは開きたくないし、読みたくもない。弟のことを、そして何よりも、弟が結婚を望んでいる女性のことを考えたくなかった。

ホテルのエントランスで気まずく別れて以来、グザヴィエはリサ・スティーヴンズのことを考えないようにして毎日を過ごしてきた。毎夜、彼女を思い出すまいと努めてきた。

グザヴィエの顔に苦い笑みが広がった。まったく皮肉な話だった。アルマンの相手について調べようと思い立ったのは、弟が変な女にだまされてはいけないとの一心からだった。ところが、意図していたのとはまったく違う展開になってしまった。

あの運命の晩、リサ・スティーヴンズを求める気持ちは、我ながらショックを受けるほど強烈だった。その後も思いはつのるばかりで、彼女の思い出を消すことはできなかった。

リサが欲しい。

カジノで働いていようが、弟との関係がどうなろうが、彼女を求める気持ちは揺るがない。

もしアルマンがリサを連れてやってきたら、僕はいったいどうすればいいんだ？　アルマンと腕を組んでいるリサを、平気な顔で迎えることができるだろうか？

リサはグザヴィエにとって、いわば禁断の果実だった。その過酷な現実が彼を責めさいなんだ。

これまでの彼の人生において、女性関係は深く考えるべき対象ではなかった。既婚者や恋人のいる女性はあらかじめ除外し、上品で美しく、教養も育ちも申し分ない女性――彼の生きている世界に慣れた女性を、いつも冷静に選んできた。女性としての魅力があり、華やかな社交の場にもふさわしい相手ばかりだった。そしてある時点で気持ちが冷めたら、潮時だと悟り、あと腐れなく別れることができた。

そんな自分が、こともあろうに弟の花嫁候補に恋をしてしまうとは……。


グザヴィエは沈鬱《ちんうつ》な面持ちでアルマンからのメールを開き、さっと目を通した。アメリカでの仕事の予定が記されているだけで、結婚についての言及はまったくない。

なぜだ？

グザヴィエは考えこんだ。不思議だ。どうしてアルマンは、先日あれほど勇んで知らせてきた話題について、まったく触れていないのだろう？

不意にグザヴィエの表情がこわばった。僕に口出しされるのを恐れ、もう何も知らせるまいと考えたのだろうか？　ひょっとしたら、中東やアメリカへ急な出張を申しつけた僕の意図に気づいたのかもしれない。

グザヴィエは重いため息をついた。たとえそうだとしても、いまとなってはどうでもいい。僕は手を引き、アルマンとリサ・スティーヴンズの結婚話から距離をおく。それがいちばん安全で理にかなったやり方だ。

いくら求めても、リサは決して僕のものにはならないのだから。


長くて疲れる一日だった。リサは地下鉄でサウス・ロンドン駅までたどり着き、ラッシュアワーの人ごみにもまれながら地上に出た。買い物袋を両手に提げ、薄暮の中を我が家へと向かう。

ロンドンのこのあたりは陰気な地域だが、いまのフラットには利点もある。公営住宅だからロンドンにしては家賃が安い。それに、聖ナサニエル病院まで二キロ足らずだから、週一度の通院にも都合がいい。部屋は一階にあるので出入りも楽だった。

アルマンと初めて会ったのも病院だった。そのときのことを思い出し、リサはわずかに表情をやわらげた。

出会いの場所は、聖ナサニエル病院のエレベーターホールだった。後日、心臓発作で倒れた同僚を見舞いに来ていたと彼から聞いた。エレベーターを待っているときに一緒になり、目が合ったとたん、彼は温かくほほ笑みかけてきた。

それがきっかけとなり、親しくなった。

もしかしたら彼が助けてくれるかも……。

いいえ。

リサは反射的に、無意味な希望を切り捨てた。しがみついても、決していいことはない。アルマンの魔法の杖《つえ》がすべてを解決してくれるなどと期待して、ハッピーエンドを夢見るのは愚かなことだ。結局、頼れるのは自分一人なのだから。

でも、グザヴィエ・ローランは裕福で……。

だめよ。グザヴィエのことを考えてはいけない。それは傷口をわざとつついて血をにじませるようなものよ。

古いヴィクトリア王朝風のフラットに着き、リサは鍵《かぎ》を出した。疲れ果ててはいるが、目の前の仕事をやり続けなければいけない。懸命に働いてお金をためなければ。立ち止まっている余裕はない。

フラットのドアを開けたとたん、中から話し声が聞こえてきて、リサは仰天した。楽しげに語り合う二つの声。信じられない思いで居間に駆けこむと、くたびれたソファから男性が立ちあがった。

リサの顔がぱっと輝く。「アルマン」

叫ぶように言い、リサは彼の腕の中に飛びこんでいった。

「ねえ、グザヴィエ、聞こえているの？」

からかいぎみに問いかけられても、グザヴィエは答える気がしなかった。マデライン・ド・セラスのおしゃべりに、いまの彼は気持ちをまったく集中できなかった。

日常生活を取り戻すために、グザヴィエは目下の恋人であるマデラインをディナーに連れだした。ところが少しも楽しめず、彼女をベッドに誘う気も起こらなかった。

グザヴィエはマデラインに目を向けた。美しく整えられた短い髪が、魅惑的な顔を引き立てている。優美な曲線を描く彼女の体は、ベッドの上でも巧みな動きを見せる。

しかし、彼女を求める気持ちはグザヴィエのどこを探しても見つからなかった。

欲しい女性はただ一人。

その女性は決して彼の手には入らない。

グザヴィエはいきなりフォークを投げだし、マデラインの顔を見つめた。恋人と別れる際、相手を気遣い、充分に納得させるのが、彼の流儀だった。相手の女性が次の恋人を見つけるための時間をたっぷり与えさえした。だが今回は違った。

「マデライン、話がある」グザヴィエはぶっきらぼ世界というのは、こんなにも短い期間に変わってしまうものかしら？　リサは幸せのあまり、めまいさえ覚えていた。

出張の途中で中東からロンドンに戻ったアルマンが、リサの望みをかなえてくれた。魔法の杖を振り、すべてを変えてくれたのだ。

必要な準備や手続きはもうすんでいた。アルマンは驚かせたくて、わざと連絡をとらなかったのだという。彼のまばゆいばかりの笑みに、リサは喜びに打ち震えた。

そして二十四時間後、アルマンはまたアメリカへと旅立っていった。

あとに一人残されても今回は苦にならなかった。もっともな理由があったからだ。

空港の駐車場を出て一人で帰る道すがら、サウス・ロンドンのすさんだ界隈《かいわい》を目にしたときでさえ、じめじめした街並みが見違えた気がした。すべてがうに切りだした。

五分後、マデラインは怒って帰り、グザヴィエは一人でテーブルについていた。彼女にしてみれば当然の反応で、驚くには当たらない。マデラインは一方的に捨てられたという怒りをむきだしにしていたが、彼はいっこうにかまわなかった。自分を悪者にして気がすむなら、それでいい。

とはいえ、グザヴィエの胸の中にも怒りが燃えていた。自分に対する怒りが。

アルマンの生活に口を出すべきではなかった。ほうっておけばよかったのだ。

グザヴィエはナプキンをテーブルの上に投げだし、立ちあがった。あれこれ考えていてもしかたがない。もう、すべてが遅すぎる。

リサ・スティーヴンズは永遠に僕のものにはならない。できることは何もないのだ。

輝いて見えた。

さらに二十四時間後、ようやくリサは一つの事実に思い至り、はっと息をのんだ。アメリカへの旅は三週間の予定で、そのあいだリサはずっと一人きりになるのだ。

一つの名前が頭に浮かんだ。

グザヴィエ。

彼に連絡してみようか？

どうしてためらうの？　一人で過ごす貴重な三週間でしょう。たった一日、ひと晩だけでも、思いもよらない宝物となるはずよ。

だけど、彼がもう私を望んでいなかったら？

彼の関心は、一時的なものにすぎないのでは？

そうよ、それ以上の意味があるとは思えない。

グザヴィエはもうパリに帰ったはずだ。私のことなどすっかり忘れてしまったかもしれない。彼のような容貌《ようぼう》の持ち主なら、優雅なパリジェンヌたちがこぞって気を引こうとするだろう。

それでも、彼がまだ私を望んでいたら？　もしそうなら、またとないチャンスだ。思いきって連絡してみよう。

そう決めた瞬間、胃に鋭い痛みが走った。

グザヴィエと関係を持とうと自ら仕掛けるなんて、どうかしているわ。彼とのつかの間の情事を楽しむだなんて。

一方で、別の声が胸の奥から必死に訴えていた。グザヴィエ・ローランのような男性に巡り合うことは、きっと二度とない。見ただけで呼吸さえままならなくなり、膝から力が抜けて、体じゅうが熱くなってしまう男性。そんな男性はこの世にただ一人、グザヴィエ・ローランだけだ。

そして今回のようなチャンスは二度とつかめないだろう。リサには、死ぬまで忘れることのない甘美な思い出をつくる絶好のチャンスに思えた。これを逃したら、後悔する羽目に陥るに違いない。

リサはいても立ってもいられなかった。つかの間の情事でかまわない。たったひと晩でもいい。

しかし、なかなか実行に移す勇気が出ないまま、ろくに眠れない夜が続いた。

ある日の午前中、リサはパリにある〈グゼル〉本社の電話番号を仕事先で調べた。そして昼休みになるや、携帯電話を持って化粧室に行き、震える指で番号を押した。

どうしてこんなまねをしているのかしら？　本当に彼に電話をするなんて愚かにもほどがある。いまならお相手できるわ、とでも言うつもり？

電話を切ろうとした刹那《せつな》、相手が出た。

「〈グゼル・インターナショナル〉です」

リサは一瞬言葉につまったが、なんとか声を絞りだした。「あの、ミスター・グザヴィエ・ローランに連絡をとりたいのですが」心臓が早鐘を打っていた。

「おつなぎします」

少し間があってから、別の呼びだし音が聞こえた。やがて、女性が出てフランス語で何か言った。まったく理解できなかったので、さきほどイギリス人の受付係に伝えた内容をそのまま英語で繰り返した。女性は少し言葉を切り、それから英語で問いかけてきた。

「お名前をいただけますか？」

「リサ・スティーヴンズです」緊張のあまり声がかすれる。

また間が空いた。ややあって、女性は流暢《りゅうちょう》な英語で告げた。

「申し訳ありませんが、ミスター・ローランはただいま会議中です」

リサは落胆した。「そうですか……あの、伝言をお願いできますか？」

「承ります」

電話をかけ直す勇気は出せそうにない。となれば、このまま何も伝えずに電話を切るわけにはいかない。リサは喉がつまったような気分を味わいながらも、伝言を口にした。

「私のほうの事情が……すっかり変わったとリサ・スティーヴンズが言っていた。そう伝えてください。予想外の事態が起きて、以前の責任はもうなくなりました、と」

それだけ言うと、リサはろくに挨拶《あいさつ》もせずに電話を切った。我ながら情けなくなり、思わず目を閉じる。

私ったら、まるでピエロだわ！　グザヴィエ・ローランのような男性にふさわしい洗練された女性という印象を与えたかったのに。

パリの秘書はグザヴィエに伝えてくれないかもしれない。ばかばかしいと肩をすくめて伝言のメモを捨ててしまう可能性もある。そもそも書き留めてさえいないかもしれない。

むしろ、そうであってほしかった。グザヴィエがあの伝言を受け取る光景を思い描くと、耐えられないほどの恥ずかしさがこみあげてくる。

リサの顔がこわばった。時間を逆戻りさせようとするなんて、あまりに自分勝手な甘い考えだわ。あの魔法のような晩、グザヴィエ・ローランと一夜を過ごすチャンスがあったというのに、私は彼を拒絶した。いまになって彼を求めるのは虫がよすぎる。

彼のような男性は、二度目のチャンスなど与えてくれはしない。私が残した伝言を秘書から受け取ったら、彼はあきれるに違いない。そして、私とベッドをともにしなくてよかった、と胸を撫《な》で下ろすことだろう。

リサはオフィスに戻り、コンピュータに向かった。

絶望に押しつぶされそうだった。グザヴィエ・ローランは二度と私の前には現れない。

リサを取り巻く世界から、再び色彩が消えた。


アルマンが突然訪れ、あわただしくアメリカへ旅立ったあと、フラットは以前よりもがらんとしてわびしく感じられた。ひどく静かだった。

この状況は歓迎するべきことでもあるのだが、この夜のリサは沈んでいた。とはいえ、少なくとも、夜を家でゆっくり過ごせるようになったのはありがたい。カジノでの悪夢のような仕事は、アルマンが来てくれたあと真っ先にやめた。

いいことのほうに意識を集中するべきだ。アルマンのおかげで何もかもがうまくいっている。もう無理して働く必要もない。

グザヴィエ・ローランに連絡をとろうとしたりしてはいけなかったのだ。せっかくすばらしい幸運に恵まれたのに、それ以上を望むなんて、あまりに欲深で身勝手だ。

現実をしっかり受け入れ、グザヴィエのことは忘れなくては。彼は幻想にすぎなかった。幻想以外の何物でもない。

いまはアルマンのことを考えるべきよ。彼の尽力でいまアメリカで行われていること、それだけを考えよう。電話で様子を尋ねたかったが、アルマンからは連絡を待つよう言われていた。

どうかいい知らせが届きますように……。

祈りをささげたとき、不意にチャイムが鳴った。

誰かしら？

不安が胸にわきあがる。アルマンのはずはないわよね？　そう、そんなはずはない。

チャイムがもう一度鳴った。リサはあわててドアへ歩み寄り、インターホンを手にした。この界隈では、誰が来たのか確認もせずにドアを開けるなど、言語道断だった。

「はい?」リサはわざと冷たい声で応じた。女性が一人で家にいるとは思われないように。

ただちに返ってきた声はかすれていたが、耳にしたとたん、リサは気を失いそうになった。

それはまぎれもなくグザヴィエ・ローランの声だった。

8

グザヴィエは緊張し、身をこわばらせて立っていた。インターホンのさびた格子模様を通して、沈黙が伝わってくる。

彼の胸の中では嵐《あらし》が吹き荒れていた。

リサのほうの事情がすっかり変わったという、秘書から手渡された短い伝言は、本当に文字どおりの意味なのだろうか? 一語一語が脳裏に焼きついている。

〝予想外の事態が起きて、以前の責任はもうなくなりました〟

リサとアルマンの仲が終わったという意味だろうか? もしそれが事実なら、僕は彼女を自分のものにできる。

おそらく事実に違いない。わざわざ電話をしてきた理由はほかに考えられない。

一刻も早く確認したかった。期待といらだちが入りまじり、グザヴィエを苦しめる。

なぜリサはドアを開けてくれないのだろう?

しかし、彼の思いが通じたかのように、突然オートロックが解除される音が響いた。

グザヴィエはすぐさまドアを押し開け、建物の中に入った。天井から裸電球がぶら下がっているだけの狭い廊下があり、奥のほうに階段が見える。飾り気のないわびしいたたずまいだ。一階の一室だけドアが開いていて、そこにリサが立っていた。

グザヴィエは彼女に駆け寄るなり抱き寄せて、唇を重ねた。焼き印を押そうとするかのような、激しいキスだった。リサの全身から力が抜け、ぐったりともたれかかってくる。グザヴィエの胸に勝利の喜びがわきあがった。

彼は少し身を引き、リサの顔を両手で包んで上向かせ、彼女の視線をとらえた。彼女の目は見開かれていた。

「どうして電話をくれたんだ?」

グザヴィエの口調の思いがけない厳しさに、リサの目がさらに大きく見開かれる。

「私……あの……」リサは言いよどみ、まともに答えることができなかった。

「どうしても知りたいんだ。君が自由の身になったのかどうか、教えてくれ」グザヴィエはなおも詰問口調で続けた。

リサは小さく息をのみ、我慢しきれなくなったかのように、いきなりグザヴィエの胸に飛びこんだ。彼は反射的にリサを抱きしめた。

「僕のものになってくれるんだね?」

グザヴィエが彼女の背中を撫《な》でながら尋ねると、

リサは顔を上げて彼を見つめた。その瞳が星のように輝いているのを認めて、グザヴィエの胸の中で何かがはじけた。

リサはため息をつくようにして、ひとことつぶやいた。「グザヴィエ」

それだけで充分だった。グザヴィエはゆっくりと唇を重ねた。喜びが大きな波となって次々と押し寄せてくる。

この魅力的な女性、リサ・スティーヴンズは僕のものだ。

グザヴィエはアルマンのことは口にしなかった。弟とリサのあいだに何があったとしても、もう終わったのだ。

深い安堵《あんど》が胸にわきあがる。ついにリサは僕のものになった。

弟のことをはじめ、よけいなことは何も考えず、やっと手に入れたこの女性をしっかりと抱きしめよう。

いま大切なのは、リサが腕の中にいるという事実のみだ。彼女にもアルマンにも、何もきくまい。自分と彼女の仲を妨げるものがなくなったことに、心から感謝しよう。

グザヴィエはそっとリサを放し、彼女の部屋のつつましい装いを見まわした。それから彼女に視線を戻し、その瞳の輝きに胸を震わせた。

彼はそっとキスをしてから言った。「さあ行こう、リサ。パスポートを忘れるなよ」

リサはうれしさのあまり足が地につかず、体が宙に浮いているような気分だった。

彼が来てくれた。グザヴィエ・ローランが、私の伝言を聞いてすぐにパリから飛んできてくれたのだ。

甘い喜びが胸に満ちる。

彼女は家の中を駆けまわり、小さな旅行バッグに必要なものを詰めた。それから少しはましな服に着替え、電化製品のコンセントを抜き、派遣会社に電話をかけて、休暇をとるとの伝言を残した。

あとは財布とパスポートと携帯電話を持って……ほかに何をすればいいのかしら？　気持ちが舞いあがっていて、頭がまともに働かない。

ついさっきまで、リサはすっかりあきらめていた。私はグザヴィエ・ローランにふさわしい女性ではない。彼と再会するチャンスは消え、彼はもう二度と私の前に現れないだろう。彼も、彼との食事も、いつかは色あせてしまう、つかの間の思い出。そう思いこもうとしていた。

ところが、現実はまったく逆の展開になった。灰色の世界がいきなり鮮やかな色彩に満ちあふれた。

荷物を点検しながらふと目を上げると、グザヴィエの姿があった。寝室の戸口に優雅にもたれ、ほほ笑みながらリサを見ている。輝く瞳に、かたちの整った唇。息をのむほどハンサムだ。ホテルのレストランで食事をした晩の記憶がまざまざとよみがえった。

これからどこへ行くのだろう？　グザヴィエはパスポートを忘れるなと言ったけれど、フランスへ行くのかしら？　いつ、どれくらいの期間？　かまわない。彼が行くところなら、私はどこへでもついていく。

この瞬間を楽しもう。幻想にすぎないとわかっていても、彼が求めてくれるあいだは一緒にいて、心ゆくまで楽しもう。せっかくグザヴィエ・ローランが私のためにパリからやってきて、どこかへ連れていくと言っているのだから。

リサは旅行バッグの口を閉め、ハンドバッグと一緒に持った。

「用意はできたかい？」グザヴィエが尋ね、彼女に歩み寄って旅行バッグを持った。

胸の高鳴りを抑え、リサはうなずいた。それが精いっぱいで、何も言えなかった。

差しだされたグザヴィエの手をリサはしっかりつかみ、彼に導かれて玄関に向かった。

リサはパリにあるグザヴィエ・ローランの家の寝室に立っていた。もう真夜中だ。

ほんの数時間前にはサウス・ロンドンのみすぼらしい部屋にいたなんて、とても信じられない。フラットの前で待機していた車に乗るとき、ヒースロー空港に直行してパリへ飛ぶつもりだと聞かされ、リサは驚いた。そしていま、二度と会えないと思っていた男性と二人でパリにいた。

目の前に彼がいて、長い指でシャンパンのグラスを持っている。リサも同じグラスを手にしていた。たぶん最高級品に違いないシャンパンの味も、彼女にはよくわからなかった。彼と一緒にいるという事実、それしか考えられない。

「僕たちに乾杯」グザヴィエはリサを見つめて言い、グラスを目の高さに掲げてから口に運んだ。「ようやく二人きりになれたね」

リサも彼にならったが、ほとんど無意識の行為だった。今夜、目の前の男性とベッドをともにするのだという思いにすっかり心を奪われていた。

彼に身を任せたいとリサは強く願った。グザヴィエ・ローランはリサを求め、リサのほうも全身全霊で彼を求めていた。

グザヴィエの姿を見るたび、リサは息をのんだ。引き締まった優雅な体に、信じられないほど端整な顔だち。

そして、長いまつげに縁取られた濃い褐色の瞳に見つめられるたび、リサは膝から力が抜けそうになった。心臓がすさまじい速さで打ちだし、頭の中が真っ白になってしまう。すべてが驚きと興奮に取って代わられてしまうのだ。

グザヴィエはグラスをアンティークのテーブルに置き、リサのほうにそっと手を伸ばした。彼のほほ笑みを見て、リサは床にくずおれそうになった。グザヴィエの笑みは温かく親しげで、彼女にだけ向けられていた。

彼に指先で頬を撫でられた瞬間、リサは息が止まりかけ、口もきけなかった。グザヴィエの指先の動きを感じながら、じっと立っていた。彼に触れられた肌が熱を帯びて燃え立つようだ。彼の指先が唇の輪郭をなぞり始めると、リサの呼吸は大きく乱れた。

いつの間にか、グザヴィエが近くにいた。全身にあふれだす甘くとろけるような感覚以外、彼女は何も感じられなかった。

「すごくきれいだよ」

グザヴィエの低いささやきに、リサの全身に興奮のさざ波が走る。彼の濃い褐色の瞳に見つめられ、彼女はまぶたを震わせた。

彼に触れたい。黒髪を撫で、高くせりあがった頬骨を指先でなぞりたい。リサは衝動的に手を持ちあげた。

その手をグザヴィエがすばやくつかむ。強い力ではないものの、リサは手を動かすことができなかった。

「だめだ」彼は少しかすれた声で言った。「まずは僕が触れたい」

リサは彼の望むままにさせた。繊細な指先が彼女の唇や喉もと、柔らかな耳たぶ、美しい曲線を描くうなじに触れていく。

やがて、その手はブラウスにかかった。一つずつボタンを外していきながらも、グザヴィエの目はリサの顔から離れなかった。彼女は身じろぎもできず、ただ立っていた。激しい興奮に体じゅうがおののいている。

ブラウスの前が開いた。すでにリサの胸は張りつめていた。ブラジャーの薄い布地に隠れた胸の先端が、すぐさま彼の愛撫《あいぶ》に反応する。リサは小さなため息をもらした。ブラウスが床に落ち、続いてブラジャーも取り去られた。

グザヴィエが二つのふくらみを指の背で優しくなぞるや、リサは思わずのけぞって唇を開いた。軽い愛撫にあおられ、胸の頂がグザヴィエの愛撫を求めてうずいている。ほどなく彼の指がそこに行き着き、そっとつまんだ。

「グザヴィエ……」リサはため息とともに彼の名を呼んだ。

「美しい《ベル》」

グザヴィエは胸のふくらみとその先端をたっぷりと時間をかけて愛撫した。体じゅうが燃えるように熱くなり、胸を縦横にさまよう彼の手の感触以外、リサは何も意識できなかった。それでもまだ何かが足りない……もっと彼を感じたかった。

彼女の気持ちを察したかのように、グザヴィエは両手を下に滑らせて、スカートのファスナーを下ろした。布地がリサの足もとに落ちる。続いて彼は両手でヒップの丸みを包みこみ、リサを引き寄せた。

下腹部が触れ合った瞬間、グザヴィエもまた激しく興奮していることを知り、リサは息をのんで彼の目を見つめた。そこには、まぎれもない熱い欲望がたたえられていた。

「さあ、いとしい人《シェリ》、今度は君が僕に触れてくれ」彼は低い声で促した。

リサはつかの間、動きを止めてグザヴィエを見やった。彼女はいま、ショーツだけの姿で彼の目の前にいて、ベッドへ誘われるのを待っている。一方の彼は興奮してはいても、まだ服を着たままだ。彼に触れるにはまず服を脱がせなければ。そんな考えが脳裏をよぎり、リサの全身に震えが走った。

彼女は両腕を上げてグザヴィエの首にからませた。胸のふくらみが彼のスーツの上着にこすれる。肌に感じる布地の感触に、興奮はさらに増した。

リサはグザヴィエをじっと見つめた。彼の顔がこわばっている。緊張しているのだ。リサは背筋がぞくぞくするような喜びを覚えた。

グザヴィエ・ローランほどの男性なら、いっときの楽しみを求めて、いくらでも好きな女性を選べるだろう。けれどもたったいま、彼の腕に抱かれ、彼を興奮させているのは、ほかの誰でもない私自身なのだ。

きっと長続きはしない、とリサは心の隅で考えていた。それでもかまわない。いずれは現実に戻らざるをえないにしても、いまだけは思ってもみなかったこの幸せを心ゆくまで味わおう。

リサは伸ばした両手をグザヴィエのうなじから喉もとへ移し、ネクタイを緩めた。そして彼を見つめたままシャツの襟からネクタイをゆっくり引き抜くと、床に落ちているスカートの横に無造作にほうり投げた。

続いてリサは彼の上着を脱がせ、シャツのボタンを一つずつ、時間をかけて焦《じ》らすように外していった。指先が白い布地にこすれるたび、彼の熱が伝わってくる。もうまもなく、彼の厚い胸板にじかに触れるだろう。

ボタンを外し終えるや、リサはズボンからシャツを少しずつ引きだした。グザヴィエはまだリサに熱いまなざしを注いでいる。

彼の表情からは何も読み取れなかったが、リサは女としての直感で、彼が欲望を必死に抑えこんでいることを察していた。グザヴィエが身につけている仕立てのよい高価な服の下には、完璧《かんぺき》な体が隠されている。リサがそれをすっかり暴くまで、彼はじっと耐えているつもりなのだろう。

ようやく、リサは彼のシャツの下に手を滑りこませ、なめらかな肌に触れた。それから両手を肩から腕へと滑らせ、シャツを床に落とした。

見事な体を目の前にしてリサは息をのんだ。鍛え抜かれ、厚みといい、バランスといい、非の打ちどころがない。リサは喜びに震えながら、温かな肌に手のひらを滑らせた。すぐにぴたりと身を寄せ、素肌を触れ合わせる。その瞬間、グザヴィエの体から震えが伝わってきて、リサは彼の興奮が頂点に達したのがわかった。

それを合図にしたかのように、再びグザヴィエが主導権を握った。彼は両手の指を広げてリサの背中をまさぐり、唇を重ねた。

ホテルでの軽いキスとも、フラットでの性急なキスとも違う。男らしく、力強く、所有権を主張するキスだった。

グザヴィエはリサの唇をこじ開け、巧みに興奮をあおった。リサもこたえ、両手を彼の黒髪に差し入れて指をからませた。

リサの体がかっと熱くなり、痛いほどに胸が張りつめる。さらに下腹部に彼の高まりを感じ、体の奥がどうしようもなくうずいた。

突然グザヴィエはリサを抱きあげ、大きなベッドに運んでいった。それから手慣れたしぐさで、次々と自分と彼女の下着を取り去り、床にほうった。

それがどこに落ちたのかなど、リサは気にしていられなかった。いまや生まれたままの姿をグザヴィエにさらしている。彼は隣で肘をつき、ベッドに横たわる彼女をゆっくりと眺めていた。

やがて彼の視線はリサの体から顔へと移り、二人の目が合った。

初めて向けられたグザヴィエの親密なまなざしに、リサはこれから彼と愛を交わすのだと実感した。もうすぐ彼と私のすばらしい時間が始まる。

リサは自分の美しさを意識した。女らしい体も、背中に流れる髪も、腕や脚も、すべてはグザヴィエひとりのためにある。自分がこれほど美しく思えたことはこれまで一度もなかった。

すでに彼女の体は、グザヴィエによって満たされるときを待っていた。男として完璧な体が、リサと同じく一糸まとわぬ姿で彼女の傍らにある。こうして体を並べて二人で横たわっていることが、リサにはとても自然に感じられた。

リサはほほ笑んだ。それは、自分がしていること、ここにいること、いまから起ころうとしていることが正しいと確信している、満足げな笑みだった。

「グザヴィエ」リサは小声で呼びかけた。

これから自分がすることの——ほかの誰よりも求めている男性と愛を交わすことの確認だった。

「グザヴィエ」リサはもう一度、彼の名を呼んだ。

彼はほほ笑み、顔を寄せてキスを始めた。リサの胸に手を這《は》わせ、おなかのあたりを撫でる。それから手のひらで胸を覆い、その先端を指でつまんだ。リサは、自分と同じくらい彼も喜びを感じていると確信した。

リサは頭を柔らかな枕《まくら》にあずけ、快感に身をゆだねた。グザヴィエの手が腰から腿へと動き、彼女の脚をそっと開かせる。間をおかずに彼の指先は脚の付け根に滑りこんだ。そこはすでに彼のために潤っていた。リサは無上の喜びに喉をつまらせ、小さな声をあげた。

ついにグザヴィエが覆いかぶさってきて、リサはグザヴィエの体の重みを全身で受け止めた。彼は再び顔を寄せ、官能的で濃厚なキスをした。

一瞬、これはつかの間の幻想にすぎないという思いがリサの胸をよぎった。でも、私はここに自らの意思で来た。誘惑されたり無理強いされたりしたわけではなく、一生の宝物として胸にしまっておける思い出を求め、またとないチャンスに飛びついたのだ。たとえ、いまこのときかぎりの夢だとしても、終わるまでは酔いしれていたい。

いまは幻想に身を投じ、我を忘れるのよ。リサは自分にそう言い聞かせた。

グザヴィエはキスを続けながら、肘をついて自分の体を支え、いよいよ彼女を我がものにしようとしていた。

迎え入れる準備ができていたリサは、いよいよそのときが訪れたことを悟った。グザヴィエの緊張を感じ取り、懇願するように彼を見あげると、彼もまた同じ目をしていた。

「いまよ。いま」リサは小声で訴えた。

グザヴィエは腰を沈め、両手で彼女の顔を包んだまま、ゆっくりと中に入った。リサは低いあえぎ声をもらし、それを聞いた彼の口もとに小さな笑みが浮かぶ。

「もう少し、いいかな?」

リサは答える代わりにため息をついた。彼には答えがわかっているのだから、わざわざ口にするまでもない。

案の定、グザヴィエは彼女の返事を待たずにさらに身を沈めた。

リサはこれまでにない感覚を味わっていた。少しの痛みもなく、感じるのは喜びだけだ。それも、体が感じる喜び以上のもので、なんとも言いがたい深い快感が全身に広がっていった。

「すばらしいわ」リサはささやいた。

グザヴィエが笑みを返し、いっそう深く貫くと、リサは無意識のうちに腰を浮かせ、ほんの少し膝を折って彼を奥深くへと導いた。そのとき、リサは二人の体が溶け合うように感じた。

リサは完全に満たされた。二人の体が一つになった、すばらしい瞬間。グザヴィエはそのまま動きを止めて彼女に体をあずけ、リサは彼の腰を優しく抱いていた。

「動かないで」リサは頼んだ。「あとほんの少し、このままでいて」

リサはずっとこうしていたかった。柔らかなベッドの上で、生まれたままの姿でひしと抱き合っていたかった。

しばらくのあいだ、リサは最高の一体感を味わっていたが、やがて彼の高まりが力強さを増すのを感じて、彼女自身の体もますます熱を帯びた。

そして……。

「シェリ……」

差し迫ったグザヴィエの声を聞き、リサはゆっくりとほほ笑んだ。それから彼にキスをし、彼の動きに合わせてかすかに腰を上げた。

それだけで充分だった。彼は巧みに動き、リサのもっとも繊細な部分を刺激した。

リサは大きくあえいだ。グザヴィエはリズミカルに動きながら、じっと彼女を見ている。彼が動くたびに喜びが増し、リサのあえぎ声は悲鳴に近くなった。あまりにも強い喜びは、同時に甘い責め苦でもあるのだ。

グザヴィエが大きく動いた瞬間、信じられないほど激しい感覚がリサの全身を襲った。燃えあがる炎のような快感に、彼女は声をあげ、すすり泣いた。

全身を快感に貫かれ、両手で彼にしがみついたとき、リサは新たな感覚に見舞われた。彼を迎え入れている部分がけいれんし、彼をさらに奥へといざなう。その刹那《せつな》、彼の全身がこわばり、高まりに新たな力と熱がみなぎるのがわかった。

ついにグザヴィエが叫んだ。胸の筋肉が盛りあがり、喉もとの筋が浮き出ている。

永遠とも思える一瞬、二人は完全に一つになって抱き合っていた。

やがてリサは、自分の体から力が抜けるのを感じた。グザヴィエも彼女の上にくずれ落ちる。彼の体は熱く、汗で光っていた。リサは自分の肌も同じように湿っているのを知って驚いた。息も切れている。それでも、彼女はグザヴィエのたくましい体をしっかりと抱きしめた。

すると、これまで知らなかった不思議な感情が胸にわきあがり、リサは思わずほほ笑んだ。

どれくらいの時間そのままでいたのかわからない。たったいま、この瞬間がリサの望むすべてだった。ほかには何もいらない。彼女は目を閉じた。体は疲れているが満ち足りていた。

しばらくしてグザヴィエが動いた。彼は静かに目を開け、リサにキスをした。

「美しい人《マ・ベル》」

グザヴィエが起きあがったとき、リサは彼の重み以上のものを失った気がした。

「すぐに戻る。ここにいてくれ」彼はなだめるような口調で言った。

ほんの短い時間でも、リサは彼と離れるのがさびしかった。グザヴィエが戻ってくると、リサは彼に抱きついた。

「グザヴィエ」リサは彼に顔を押しつけ、目を閉じてその香りを吸いこんだ。

そのうちにリサは眠気に誘われ、上掛けがかけられるのをぼんやりと感じた。続いてグザヴィエが何かをささやいたかと思うと明かりが消え、リサは彼の腕に抱かれて眠りに落ちた。

グザヴィエはあおむけに横たわったまま、しばらくのあいだ闇《やみ》を見つめていた。いったい僕に何が起こったのだろう？

リサが欲しいのはわかっていた。彼女の美しさに心を奪われ、理屈も常識も忘れるほどの興奮にとらわれた。だが、満たされることのない欲望は、まるで拷問のように僕を苦しめてきた。リサを求める気持ちは、彼女が手の届かない存在であること、ほかならぬ弟アルマンのものであるという事実によって、かえって激しさを増していった。

そしてとうとう彼女を自分のものにしたとき、甘い満足感とともに彼の心は解放されるはずだった。だが実際は違った。それ以上の感情があった。

これはなんなのだろう？

いくら考えても、筋の通った答えは出なかった。考えを巡らしながらなおも闇を見つめていたとき、リサが体を寄せてきた。

腕の中に彼女がいるという事実に、グザヴィエは心を打たれた。この事実と比べたら、ほかのことはすべて些末《さまつ》な問題にすぎない。リサがすぐそばにいるという事実、これ以上に大切なことはない。

グザヴィエが体を動かすと、リサはさらに身を寄せてきた。夢でも見ているのか、はっきり聞き取れないつぶやきが彼女の口からもれる。

リサは穏やかに眠っている。僕の腕の中で、とても自然に。

彼女を抱いているのは心地よかった。並んで横になっているだけで快い。リサは一緒に眠るのにいい相手だ、とグザヴィエは思った。

考えがまとまらないまま、まぶたが重くなってくると、グザヴィエはもう一度リサを抱きしめ、隣にいることを確認した。それから彼は体の力を抜き、うとうとし始めた。

リサを抱き、彼女に抱かれて眠る。グザヴィエはなんとも言えない幸福感に包まれていた。

9

陽光とコーヒーの香りに誘われ、リサは目を覚ました。眠りから覚めつつ、なぜこんなに気分がいいのかしらと不思議に思い……そこではっとし、目を開けた。たちまち昨夜の記憶がよみがえる。

彼女は一人で横たわっていたが、ベッドの端にはグザヴィエが腰かけていた。彼は白いバスローブを羽織っている。はだけた胸や二の腕の筋肉、日焼けした肌に、リサは目を奪われた。

グザヴィエが身を乗りだし、リサにそっとキスをしてほほ笑んだ。

「おはよう《ボンジュール》、いとしい人《シェリ》」

リサは身も心もとろけそうな気分を味わいながら、満面の笑みで朝の挨拶《あいさつ》を返した。

夢ではない、現実だったのだ。リサはグザヴィエの瞳を見つめた。彼の顔からは晴れやかな表情と、それとは相反する困惑が読み取れた。

不意にグザヴィエは長いまつげを伏せ、リサに尋ねた。「コーヒーを飲むかい？」

深くかぐわしい香りが再びリサの鼻をくすぐった。

「ええ、いただくわ」

体を起こしたとき、リサは何も身にまとっていないことに気づいた。急に恥ずかしくなり、上掛けを胸もとに引き寄せる。すると、グザヴィエが枕《まくら》を背に当ててくれた。その拍子に、シルクのような彼の髪がリサの顎に触れ、彼女はどぎまぎした。リサは急いで枕にもたれ、にわかに震えだした指で、自分の髪を後ろに払った。

「ミルクは？」

ベッドわきのテーブルには、ミルクの入ったピッチャーがあり、湯気が上がっていた。

「ええ……お願い」

声が震えているのが自分でもわかり、リサはグザヴィエの目をまともに見られなかった。大きなカップを受け取り、コーヒーを少しずつ口に含む。

グザヴィエは自分のカップにもコーヒーをつぎ、ベッドの端に座って脚を組んだ。

「ゆうべ起こったことは現実だったのね」

思わず言葉が口をついて出てしまい、リサは顔をしかめた。

「もしかしたら夢だったのかもしれないと思ったの。だって、あまりにもすてきだったから」

グザヴィエの整った口もとに笑みが浮かぶ。その一方で、彼の顔には、晴れやかさと困惑が入りまじったあの表情が再び浮かんでいた。

「それはよかった」彼は小声で言った。

フランス風の癖のある発音にリサの胸はざわめいた。

「本当よ。あれは、とても……」そこでリサは黙りこみ、唇を噛《か》んだ。「ごめんなさい。私ったら……フランス語ではなんというのかしら？　若い《ジゥヌ》？　それとも、うぶな《ナイフ》、かしら？」

リサは急いでコーヒーを飲み、気まずい顔を見られないようにうつむいて、髪で顔を隠した。

グザヴィエが彼女の頬にそっと触れた。「僕を見て」

リサが思いきって顔を上げると、グザヴィエは額にキスをした。そのとたん、何もかもうまくいくように思え、気まずさも消えて、リサはまた笑顔になった。

幸福感が風船のようにふくらむ。リサは体が空気よりも軽くなった気分で、幸せを噛みしめた。部屋には陽光が満ち、ほこりの粒さえ金色に輝いて陽気に踊っていた。

「君がここにいてくれれば、僕にはそれで充分なんだよ、シェリ」

グザヴィエはまたキスをしてから、リサが持っているカップに目を落とした。

「せっかくだからもっと飲んでくれ」彼は言い、唇の端を上げるようにしてほほ笑んだ。

そんなふうに笑うといっそうすてきだわ、とリサはうっとりした。

すすめられるままに、リサはコーヒーを飲んだ。その香りと味が道端のカフェや陽光あふれるバルコニーを思い起こさせ、彼女はフランスにいることを実感した。

同じようにグザヴィエもコーヒーを飲んでいた。優雅な手つきで片手に皿を持ち、カップを口もとへ運ぶ。コーヒーを飲むたび、彼の顔がかすかに傾き、額に髪が落ちた。

そんな様子に陶然となりながら、リサはまたコーヒーを飲んだ。

「さあ、コーヒーはもう充分だろう」

唐突にグザヴィエが言った。きっぱりとした口調だった。彼は自分のカップをテーブルに置き、リサのカップも引き取った。

一瞬、リサは不安に駆られた。彼は荷物をまとめろとでも言うつもりかしら？　私をロンドン行きの便に乗せ、自分は元の生活に戻るというの？

しかし、背筋を伸ばして彼女のほうを向いたグザヴィエを見て、リサは気づいた。彼は帰り支度をさせようと考えているわけじゃない、と。さっきの言葉は日常生活に戻るという意味ではなく……。

グザヴィエのキスは情熱的で、あっという間にリサの全身をとろけさせた。リサは甘い喜びに包まれながら、両手で彼の固い胸をまさぐり、一緒にベッドに横たわった。

彼の激しいキスにこたえながら、リサはグザヴィエが与えてくれる愛の喜びに身をゆだねた。

「残念ながら、片づけなければならない仕事があるんだ。だが、明日には発《た》てるだろう」グザヴィエがおもむろに言った。

「どこへ行くの？」

リサが目を見開いて尋ねると、グザヴィエは口もとに笑みを浮かべた。

「いずれわかるよ」

グザヴィエにはリサを連れていきたい場所があった。季節的にはまだ少し早いものの、夏の暑い盛りよりはいいし、人ごみに顔をしかめることもない。

いままで恋人を連れていったことはないが、リサは過去の恋人たちとは違う。何がどう違うのかはわからないが。ただ、これまでに彼が身につけてきた恋愛に関する知識は、リサ相手にはなんの役にも立たないとわかっていた。


リサには毎日二十四時間、自分のそばに、自分のベッドの中にいてほしかった。決して手に入らない存在だと思っていたのに、運命がリサを彼のもとへ導いてくれたのだ。二度と手放しはしない。

グザヴィエはこのあと、会社の秘書や重役たちの尻をたたき、重要な案件を手早く片づけてしまうつもりでいた。一日じゅう忙しい思いをするだけの価値はあるはずだった。いくつか積み残しがあったとしても、離れた場所からでも処理できるよう手配しておけば問題はない。一日に二時間ほど、メールや電話で会社と連絡をとるくらいのことはするつもりだった。

最後に休暇をとったのはいつだっただろう？　グザヴィエは皮肉めいた笑みをもらした。フランス人は長期休暇をとるとよく言われ、社員の大半は実際にそうしていた。しかし、彼自身は会社全体を見るのに忙しく、ほとんど休んだ覚えがなかった。

そんな彼が、休暇をとろうとしていた。自分のものにはならないと半ばあきらめていた女性とともに。そのように考えながらも、グザヴィエには一つ引っかかっていることがあった。

アルマンに連絡をとるべきだろうか？　リサとのあいだに何があったのか、弟に直接きいておくべきではないのか？

グザヴィエはその考えを否定した。二人のあいだに何があろうと関係ない。重要なのはリサがもはやアルマンに縛られてはいないこと、自由の身になって僕のもとへ来たということだ。

それにアルマンは、よけいな口出しは無用と言っていたではないか。弟の人生は弟のもので、リサとのあいだで何があったにせよ、僕が心配することではない。僕にとって重要なのは、心から望んでいた女性がくびきを解かれ、僕のものになったという事実だけなのだから。


リサはアルマンを愛していたのだろうか？　彼女に傷ついた様子は見られない。アルマン自身から聞いていなければ、最近までリサにほかの恋人がいたとは思いもしなかっただろう。

一瞬、グザヴィエは不安に駆られたものの、すぐにそれを打ち消した。

リサに関するかぎり、見た目はあてにならない。それは誰よりもよく承知している。最初に見たときは、安っぽい尻軽《しりがる》女だと思った。それはまったくの間違いだった。あの安手で下品な外見は、仕事のための仮面にすぎなかった。

もちろん、リサがカジノで働いたりしていないほうがよかったが、いずれにしろ、もう終わったことだ。それに彼女には、自らの信念に反する行為はたとえ解雇されようとも拒否する覚悟があった。カジノでの出会いのおかげで、彼女の長所が一つわかったとも言える。

さらにリサは、アルマンに対する義務感から、僕を拒絶した。

再び記憶がよみがえる。

〝とても大切な人がいるの……〟

リサはアルマンについてそう言った。僕がアルマンの兄とは知らずに。

アルマンはいまもなお、彼女にとって大切な存在なのだろうか？

いや、それはありえない。少なくとも愛情という面では違うだろう。僕のベッドにリサがいるという事実が何よりの証拠だ。

だったら、金銭面では？　その可能性は考慮に入れなければならない。リサが住んでいる場所からして、彼女がいかに貧しい暮らしを送っているかを思い知らされた。

リサにとって、富と社会的地位を有するアルマンが魅力的なのは言うまでもない。妻が夫を愛するようにではなくても、深い感情を感じていた可能性はある。そのために、ほかの男性の誘いを断ることもあるだろう。

それに、アルマンのメールには、まだプロポーズはしていないと書かれていた。リサは弟が結婚まで考えていたとは知らなかったのかもしれない。なのにあの晩、アルマンのために僕を拒絶した。

何がアルマンの気持ちを変えたのか、そして何がリサの弟に対する気持ちを変えたのかは、僕にはわからない。

しかしいま、リサは僕のそばにいる。その事実以外に重要なことなどない。彼女は自らの意思でここへやってきた。彼女は僕のものだ。

これ以上考えるのはよそう。

「グザヴィエ、だめよ！　それはだめ」

「いいんだ」グザヴィエは半ばいらだたしげに手を

振りながら言った。

リサは一瞬、反抗的な表情を浮かべた。「あなたに服を買ってもらういわれはないわ」

パリを離れる日の朝食後、グザヴィエはリサをフランスでも指折りのデザイナーが経営する店に連れていった。

「僕のためだと思ってくれ、シェリ」すばらしく上品な店の真ん中で、グザヴィエは彼女の両手を握った。「僕を喜ばせるためだ。君の着飾った姿を見たいんだ」

「だめ。いけないことよ」

唇を噛むリサの顔を見て、グザヴィエはいかにもフランス人らしく肩をすくめた。「だったら、この前のドレスみたいに、借りるということにしたらどうだい？」

リサが眉をひそめる。「あのドレスはどうしたの？」

「使用人にあげたよ。とても感謝された」

再び肩をすくめる彼に、リサは目を大きく見開いた。「ずいぶん気前がいいのね。とても高かったのに。でも、ここにある服はもっと高いわ。グザヴィエ、あなたに服を買ってもらうわけにはいかないし、そんなふうにやたらとお金を使ってほしくないの。あなたが〈グゼル〉でどんな地位にあるのか知らないけれど、それでも……」

少し離れたところに控えていた女性店員が咳払《せきばら》いをした。グザヴィエは店員に警告のまなざしを向けてから、リサに目を戻した。

「〈グゼル〉はこの店の株を所有しているから、格安に買えるんだ」

「どれくらい安くなるの？」リサは疑わしそうに尋ねた。

「かなりだ」

ついにリサは負けた。とはいえ、彼に借りるのは三着だけと決めた。

リサが服を選び、試着するあいだ、グザヴィエはしばらく思案した。〈グゼル〉がこの店の共同所有者というだけでなく、彼こそが〈グゼル〉の最高経営責任者にして最大の株主でもある事実を告げるべきだろうか？

いや、話さないほうがいい、とグザヴィエは結論づけた。リサは彼の仕事や〈グゼル〉についてほとんど関心を示さなかった。それは彼にとって好都合だった。

ただ、グザヴィエは彼女には上等な服を着ていてほしかった。それを見るのは彼自身だけだ。リサを連れていく先は、人目につく場所ではない。

意図的なものだろうか？　グザヴィエは自問した。自分がふだん活動している世界から、僕はリサを遠ざけようとしているのか？

そうかもしれない、と彼は胸の内でつぶやいた。フランス人的な、過剰なまでの警戒心の表れなのだろうか？　自分がどんなに裕福な暮らしをしているか、彼女にはあえて見せまいとしているのか？　それとも、彼女の注意を自分にだけ引きつけておきたいがために？

リサ・スティーヴンズは、男性に富を見せつけられても動じない女性のようだ。ロンドンでもドレスを買ってもらうのをいやがったし、いまも抵抗を示した。

おかげで、グザヴィエは値引きなどというくだらない話を持ちださねばならなかった。彼が何者か百も承知の店員は、吹きだしそうになるのをこらえていたのか、リサが彼のふところ具合を気にしたときは顔を引きつらせていた。

ところで服は……。

グザヴィエは店員に二、三の指示を出した。リサは三着しか買わせないつもりかもしれないが、彼の考えは違った。もう店員がリサの体のサイズを把握したから、ほかの服も用意できる。

これから行く場所では正式な装いはほとんど必要としないが、それでも三着以上はいるだろう。彼はその手配をすませてから、リサの試着をゆっくりと見物した。

三十分後、準備は整った。リサは店に来たときの安物のスカートにブラウスという格好ではなく、すばらしい仕立てのワンピースに上着を羽織っていた。

グザヴィエは彼女の手を取り、荷物の積みこみは店員に任せて店を出た。

次に向かったのは空港で、着陸したのはニースだった。ただし、にぎやかなコートダジュールではなく、もっと静かな、リサと二人きりになれる場所だった。

石づくりの小さなテラスで、グザヴィエは椅子の背にもたれ、市場報告書を読んでいた。しかし、まったく集中できず、すぐに目を上げた。必要に迫られて仕事を持ってきたが、少しもやる気が起こらなかった。

ここへ来てからの二週間というもの、リサ以外のことは考えられない。

ニースに着いたあと、マリーナで待っていた船に乗る際、リサは目を丸くしてグザヴィエに尋ねた。

〝どこへ行くの？〟

〝別荘があるんだ。君はレラン諸島を知っているかな？〟

リサはかぶりを振った。

〝カンヌの近くで、本土からさほど離れていない。行楽シーズンになると、二つの大きな島、サン・トノラ島とサント・マルグリット島は日帰りの観光客でにぎわう。だがいまの季節なら、人はあまりいないだろう。僕の別荘はいちばん小さな島、サント・

マリにある。とても小さな島だ。気に入ってくれるといいけれど〝グザヴィエはリサを見つめてほほ笑んだ。

幸い、リサは島を気に入ってくれた。入り日を望める岬に立つ、椰子《やし》の木に囲まれた石づくりの別荘を見て、リサは歓声をあげた。グザヴィエの不安はたちまち消え去った。

彼は数年前、この別荘を衝動買いした。

モンテカルロにもアパートメントを持ってはいるが、それは社交上の必要性から購入したものだった。〈グゼル〉の最高経営責任者として、モナコ・グランプリなどの華やかな場に顔を出すときのために。

この小さな別荘は、モンテカルロの近代的でぜいたくなアパートメントとはまったく別物だった。ここへ来るだけの時間をとれることはめったにないが、来るたびにもっと長く滞在したいと思う。本土から高速船で十分程度の距離なのに、ここにはけがれのない素朴な世界がある。

この島に女性を連れてきたのはこれが初めてだった。

マデライン・ド・セラスや、それ以前に関係のあったほかの女性を連れてきたらどうだっただろうと想像してみたが、うまくイメージできなかった。きっとこの場所になじめず、早くモンテカルロに戻りたいとせがまれたに違いない。華やかなレストランや社交場とは無縁の島に滞在するなど、我慢できるはずがなかった。

しかし、リサは……。

グザヴィエは彼女の姿を捜した。リサは別荘から見下ろせる小さな入り江で、岩によじのぼっていた。いかもしかのようにしなやかな身ごなしで岩から岩へと移っていく。髪はポニーテールにまとめ、Tシャツとショートパンツという若々しい装いだった。

地面に飛び下りてこちらへ向かってくるリサを、

グザヴィエは熱心に眺めた。飾り気のない格好をしていても、彼女は息をのむほど美しかった。

リサはグザヴィエに対して、細工や誘惑を仕掛けてきたり、こびを売ったりはしない。彼が与えるものを喜び、それを楽しむ。

グザヴィエもまた楽しんでいた。二人で過ごす時間のすべてを。

女性と一緒にいて、これほどくつろいだためしはなかった。ただ一緒にいるだけでこんなにも充実した時間を過ごしたのは初めての経験だった。

グザヴィエのそばに戻ったリサは、朝食や昼食に使っているテーブルについた。

いつものことながら、グザヴィエを見て、リサは胸を締めつけられるような思いを味わった。スーツ姿の彼もすてきだけれど、チノパンにポロシャツという気取らない格好もよく似合う。少し髪を乱して椅子に座る彼の姿に、リサは見とれた。

本当に私は、彼と二人でニースの沖合の島にいるのかしら？　もしかしたら、夢想を現実と思いこんでいるだけなのでは？　でも、彼を目にして体が熱くなるのは、これが現実だという何よりのあかしだ。私はなんて幸せなのだろう。毎日、そして毎晩、楽しくてしかたがない。

しかも、ベッドでのリサの喜びはますます大きくなっていくようだった。グザヴィエとベッドをともにするたび、リサはいっそう深い幸福感に満たされた。彼の腕の中で、思いもよらなかった高揚感を味わっていた。

愛を交わすことに関しては、グザヴィエのほうがはるかに経験豊かで巧みだが、リサは自分が未熟だと感じたことはない。グザヴィエが与えてくれるのと同じだけの喜びを、自分も彼に返していると思っていた。自分が、彼の望む美しくセクシーな女性だと実感してもいた。リサは彼の腕の中で輝きを増し、躍動した。

幸せを感じるのは彼に抱かれているときばかりではなかった。彼の目が向けられるたび、リサは興奮に身を震わせた。

とはいえ、浮かれていてはいけないという警告が頭に浮かぶこともある。

何に気をつけろというのか、あえて深く考えるつもりはなかったが、この警告を忘れてはならないと直感が教えていた。

あの忌まわしい事故が起こった日、ほんの一瞬の出来事によって、永遠に続くと思っていたものの大半が破壊された。そして、同じくらい不可解な運命に導かれ、リサはいま、信じられないほど幸せな毎日を送っている。

グザヴィエ・ローランが私の前に現れた理由は見当もつかず、運命のいたずらとしか思えない。彼はさながら、どこからともなくやってきた思いがけないプレゼントだ。いずれ、どこへとも知れず去ってしまうのだろう。

グザヴィエとのあいだに将来はない。ありえない。彼は最高級のシャンパンで満たされたグラスのようなものだ。リサから多くを奪った運命というものが、今度はグザヴィエという最高の品を私に届けてくれた。中に入っているシャンパンを心ゆくまで味わい、酔いしれよう。

リサはほほ笑みながら彼を見つめた。彼のそばにいると心からくつろげる。この島でのどかな日々を送るうち、長いあいだずっと彼女をむしばんでいた疲労感も消えていった。この小さな別荘では、するべきことは何もなかった。家事や雑用のいっさいは島に住む夫婦が請け負ってくれている。

私は毎日何をしてきたのかしら？　リサは自問した。

朝は遅い。夜ごと愛を交わすため、眠りにつくのは深夜だし、未明に起きて求め合うこともしばしばだ。二人が目を覚ますころには、たいてい日は高くのぼっていた。

それからクロワッサンとコーヒーの朝食をとった。椰子の木が放つ強い香りを嗅《か》ぎ、その幹のあいだを動いていく太陽やきらきらと輝く青い海を眺めながら。

朝食後は読書をしたり、のんびりと日光浴や散歩を楽しんだりした。

海で泳ぐにはまだ早かったが、海岸線は美しく、二人でよく浜を散歩した。入り江には小型のモーターボートが係留されていて、グザヴィエの操縦で島の周囲をまわったこともある。

ほかの大きな島にも行った。サン・トノラ島には修道院や中世の要塞《ようさい》の遺構があり、サント・マルグリット島には、十七世紀に鉄仮面の男が監禁されていたというなぞめいた伝説が残されていた。どちらの島も平和で美しかった。

一度、グザヴィエに本土へ行こうと誘われたが、リサは気が進まなかった。本土の沿岸地帯は高級リゾートの俗っぽさが鼻につく。マリーナにずらりとつながれたクルーザーにも、海沿いに立ち並ぶ高層ホテルにも魅力を感じなかった。それに、グザヴィエをひとり占めできるほうがいい。

理由はほかにもある。この小さな島にいれば、外の世界のことを考えずにすむ。グザヴィエと一緒にいて、彼のことだけを考え、彼のためだけに生きていられる。

アメリカで何が起きているのか、アルマンからの知らせはいつ来るのか。そういったことから、気持ちをそらしておくことができた。いまはアルマンからの連絡を待つしかない。そのときがくれば、何もかもわかる。

それまでは、グザヴィエのそばで思いきり楽しもう。どんなに短い時間であっても。

悲しみがこみあげたが、リサはそれをすばやく胸の奥底に押しこんだ。この短くも貴重な時間を大切にしなくては。二度と巡ってはこないグザヴィエとの親密なひとときを。

リサはグザヴィエにほほ笑みかけ、からかうように言った。「つまらない書類なんか読んでいないで、浜辺へ宝探しに行きましょうよ」

「宝探し？」グザヴィエはわざとらしく眉をひそめてきき返した。

「目を凝らして浜辺を歩いていけば、何が見つかるかわからないわ」

「浜辺にあるのは石ころばかりさ」

グザヴィエの反論にリサは顔をしかめた。「とにかくいらっしゃいよ。水は冷たいけれど、すごくきれいよ。椰子の木の香りも気持ちがいいわ」

グザヴィエはほほ笑み、報告書を手放した。「ミモザの花を見せたかったよ。やはりすばらしい香りを放つんだ。ラヴェンダーもね。サン・トノラ島でラヴェンダーを見ただろう。リキュールをつくるために修道士たちが畑で育てていたやつさ」

彼はいったん言葉を切り、眉を上げてみせた。

「ここにいるあいだに、グラースへ行ってみよう。フランス国内の香水産業の中心地だ。〈グゼル〉の香水工場を案内してあげるよ。その近くのサン・ポール・ド・ヴァンスにもぜひ行くべきだ。マチスの礼拝堂がそばにあるし、村には有名なホテルがあって、滞在した芸術家の作品が展示されている。そこで昼食をとろう」グザヴィエは言い、いかにも残念そうにつけ加えた。「君にはまだ、コートダジュールをろくに案内していないな」

「かまわないわ」リサはデッキチェアに腰を下ろした。「この別荘にいるだけで幸せだもの」

この秘密の場所に二人だけでいることが、リサにとっては何よりも幸せだった。島や別荘を離れる気にはなれず、彼女は適当な口実を探した。

「南フランス一帯がどこもこんなふうだったらいいのに。椰子の木と岩ばかりの海岸線とか、あちこちに点在する村、それに入り江や小さな丘があるだけでいいの。コートダジュールみたいにせっかくの自然が台なしにされているのは残念だわ」

グザヴィエも同感だった。かすかに笑みを浮かべて言う。「コンクリートで固められていない場所もまだある。たとえば、アルプ・マリティムの少し内陸に入ったあたりや、さっき言ったサン・ポール・ド・ヴァンスなどは、あまり開発の手が及んでいないんだ。それから、沿岸部にも多少自然が残っている場所がある。ニースとモンテカルロのあいだにある〝美しい場所《ボリウ》〟という名の町は、いまでも名前にたがわないし、イタリアとの国境に近いマントンは前世紀の面影を残している。僕の母と義父はそこに住んでいて……」

彼は不意に言葉を切り、すぐさま別の話題に移った。

「アンティーブも観光地というよりは労働者の町で、そこの岬にはナポレオン博物館がある。エルバ島を脱出したナポレオンが、アンティーブに上陸したのを知っているかい？」

思惑どおりリサの注意をそらすことができ、グザヴィエはほっと胸を撫《な》で下ろした。母親と義父の話を持ちだすなんて、どうかしている。

「ナポレオンが捕らえられたとき、たしか誰かが彼を閉じこめておくための鉄製の檻《おり》を送りつけたんじゃなかったかしら？」リサが記憶をたぐりながら尋ねる。

「確かにネー元帥はそうすると約束した」グザヴィエは笑みを浮かべた。「彼はナポレオンが失脚するとブルボン王家支持にまわりながら、エルバ島脱出のあとはまたナポレオン側に寝返った。ほどなくナポレオンはパリへの進攻を開始した」

「そして、ワーテルローでイギリス軍に打ち負かされたのね」リサがあとを引き取った。

グザヴィエはかぶりを振り、声をたてて笑った。「イギリス軍のウェリントン公は、プロイセンのおかげで勝てたんだ。ナポレオンの勝利が決定的になりかけていたときに突如プロイセン軍が現れ、ウェリントンの首をつないだんだ。イギリスの学校では、ちゃんとした歴史を教えないのかい？」

もっともらしい口調で言ったあとでグザヴィエがにやりとしたので、リサも笑顔で応じた。

「イギリス軍が勝ったことだけ、教わったわ」そう言ってから、リサは彼の腕を引っ張った。「海辺に行くのがいやで、歴史の話を始めたようね。だまされないわよ。さあ、行きましょう、怠け者さん！

昼食の前に少し体を動かしたほうがいいわ」

グザヴィエは彼女の手をつかみ、いきなりその指を噛んだ。「もっといい運動がある」目にあやしい光をたたえ、思わせぶりに言う。「その方法なら、一歩も歩かなくてすむよ」

それでもリサは立ちあがり、なおも彼の腕を引っ張った。グザヴィエはついに市場報告書を読むのをあきらめ、椅子から離れた。

「わかった。宝探しに出かけるとするか」グザヴィエは肩をすくめて言った。

グザヴィエに手を握られ、リサは彼のぬくもりに包みこまれたような気分になり、体が小刻みに震えた。そのとき、内なる声がささやいた。

気をつけなさい。

沈着な警告にリサは耳を傾け、心に刻みこんだ。しかしすぐさま別の声があざけった。

もう遅すぎるわ。

二人は岩をよじのぼるようにして小さな岬の先端まで行き、海に突きだした平らな岩に腰を下ろした。リサはスニーカーを脱ぎ、足を下ろして爪先を海水に浸した。もちろん冷たいが、尻ごみするほどではない。

隣で膝を抱えて座っていたグザヴィエが、さもいやそうな表情を浮かべてリサを見た。

「意気地なしね、グザヴィエ。水はそんなに冷たくないわ」リサはからかい、笑ってみせた。

「無理して寒い思いをする必要もあるまい。足がしもやけになっても知らないぞ」

リサはまた笑った。肘をついて岩に寝そべり、彼を見あげる。「イギリスの海をご存じないようね。スコットランドのセント・アンドルーズあたりに行ってごらんなさい。真夏でも水はもっと冷たいわ。でも、とてもすてきな海岸なの。すぐ近くに有名なゴルフコースがあって、父はそこでプレーをするのが大好きだった……」急につらい思いがこみあげ、彼女は言葉につまった。

グザヴィエは驚いた。リサが家族のことを口にするのは初めてだった。

考えてみれば、これまで二人のあいだで互いの家族のことが話題にのぼったことは一度もなかった。

グザヴィエのほうも、さきほど母と義父がマントンに住んでいると口を滑らせたとき以外、家族の話はしていない。その理由はむろんアルマンにあった。リサにも彼女なりの理由があるのだろうか、と彼はいぶかった。

彼女の家族はどこに住んでいるのだろう？　考えかけたものの、グザヴィエはすぐさまその問いを頭から追い払った。自分の家族はもちろん、リサの家族のことも考えたくなかった。

家族どころか、彼女がしていた仕事や、アルマンとの関係も考えたくなかった。この別荘で、リサには僕のためだけに存在していてほしい、とグザヴィエは心から願った。この島は彼女をひとり占めできる聖域だった。ここにいれば外の世界の面倒にわずらわされることもない。

だが、彼がいくらそうしたくても、永遠にここで過ごすわけにはいかなかった。予定していた二週間はとうに過ぎていた。

パリに帰るのを、あとどれくらい日延べできるだろう？　グザヴィエは自問した。

すでに秘書や重役たちから、仕事に戻ってほしいと催促するメールが届いている。まったくいらいらさせられる。会社については考えたくないし、パリに戻るのも気が進まなかった。いまはまだ。

ここでリサとともに過ごす時間が何よりも貴重に思われた。

グザヴィエはリサを見下ろした。彼女は肘をついたまま目を閉じ、顔を日にさらしている。

心躍るような欲望が彼の全身を駆け抜けた。リサの顔の美しい曲線を目でたどる。そうするといつだって喜びが胸にあふれる。彼女の姿かたちなら何時間でも飽きずに眺めていられた。

リサの顔は穏やかだった。顔を太陽に向け、髪は背中に流れている。うっすらと日焼けした頬に長いまつげが触れそうだ。海から吹いてくる優しい風に髪が揺れた。

グザヴィエは思わず息をのんだ。

彼女は美しい《エレ・シ・ベル》！

美しいだけではない。何かが彼の心の中に芽生えた。よくわからない、奇妙な感情が。

なんだろう？　頭で理解しようとしても、できなかった。ただ、ある言葉が頭の中にひとりでに浮かんだ。

リサを手放したくない。

奇妙な感情が再び心の中でうごめき、さらに強くなった。それはなんとも言いようのない感覚だった。

グザヴィエはリサの唇にキスをし、ゆっくりと開かせた。片方の手が自然と動き、彼女の胸のふくらみをそっと覆う。

リサが反応するのがわかった。深い満足と喜びを感じながら、太陽のもと、グザヴィエは彼女との愛の営みにおぼれていった。

10

夕食後、二人は別荘の居間でコーヒーを飲んでいた。木製のテーブルにろうそくがともっている。夜になって冷えてきたが、暖炉の熾火《おきび》がそれをやわらげていた。

グザヴィエはリサに、明後日にはパリに戻らなければならないと告げた。

「これ以上はどうしても引き延ばせないんだ。すまない」彼は低く力のない声で続けた。

リサは凍りつく思いだった。恐ろしい現実が迫ってくる。それでも、彼女はなんとか笑みを浮かべてみせた。「仕事ならしかたがないわ」

ロマンティックな物語は唐突に終わる。そういうものだ。

いつか終わると頭ではわかっていたが、リサは心のどこかで、この島でのグザヴィエとの時間が永遠に続くよう願っていた。

もちろん、終わりは来る。終わらなければならない。リサは充分に承知していた。

それにグザヴィエが〈グゼル〉でどれほどの地位にあるのかは知らないが、それなりの責任を負っているはずだ。地位が高ければ高いほど、仕事の時間も長くなる。上司が彼を求めているのなら、当然帰らなければならない。

これで終わり。

無情な言葉が頭の中でこだました。大きな塊で胸をふさがれた気分だった。

グザヴィエはパリに帰り、私はロンドン行きの飛行機に乗せられる。彼は私にさよならのキスをして、楽しい休暇だったと言い、ほほ笑みながら立ち去る。

そして、二度と彼に会うことはない。

突如、耐えがたいまでの痛みが胸を刺し貫いた。ああ、どうしたらいいの？　二度と彼に会えなくなる……彼との日々が終わってしまう。

情事の終わり。

寒々しい言葉がリサの頭の中に浮かんだ。

情事の終わり。

そう、しょせんは情事にすぎない。ただそれだけのこと。

幻想と知りつつ、リサはグザヴィエのとりこになった。その幻想がいま、終わろうとしている。

彼が何か話している。胸をふさぐ塊がほかのすべてを遮断してしまったようで、よく聞き取れない。

何を言っているのかしら？　リサはグザヴィエを見つめ、彼に意識を集中しようと努めた。

「パリには一週間いる。それからミュンヘンを経由してウィーンに行く。おそらく月末にはアジア方面に行かなければならないだろう。移動が多くなってしまうが、いくらか観光もできるようにするし、とにかく二人で一緒にいられるよう……」

グザヴィエはいったん言葉を切ってから尋ねた。

「リサ？　どうした？」

ひどくとまどった表情でリサはグザヴィエを見つめた。「あの……私も一緒に行くの？」胸の中の塊は喉もとまでせりあがってきていたものの、彼女はなんとか声を出すことができた。

今度はグザヴィエがリサを見つめる番だった。彼はゆっくりとうなずいた。

「驚いているようだな。僕がそこまで望んでいるとは思わなかったのかい？」グザヴィエは優しい声で言い、手を差しだした。

リサがおずおずとその手を取ると、彼の指がリサの手を温かく包みこんだ。

気をつけなさい。

頭の中でまた警告の声があがった。

だが、どんな警告も、彼の手のぬくもりやまなざし、そしてたったいま彼が口にした言葉の前では、無力だった。

とはいえ、厳しい現実を無視するわけにはいかなかった。リサは苦悶《くもん》した。何も答えられない。彼に手を握られ、そのぬくもりを感じていながらも、リサの心は沈んでいた。

私はグザヴィエに求められている。これまでに彼が与えてくれた以上のものを求められている。つまり、幻想はまだ続いているのだ。ただ……。

リサは胸を締めつけられた。

彼と一緒に行っていいのだろうか？　今回の休暇は、現実とは切り離された出来事のはずだった。アルマンの魔法の杖《つえ》のおかげで私は重荷から解放され、グザヴィエとともにすばらしいひとときを過ごすことができた。

けれど、いずれアルマンは戻ってくる。彼はいい知らせをもたらしてくれるかしら？　それはわからない。はっきりしたら連絡をよこすはずだ。私には待つことしかできない。

感情がナイフのようにリサの心を二つに切り裂いた。彼女はグザヴィエに握られていた手をそろそろと引き抜き、ようやく口を開いた。「あなたがこれから先も私を求めてくれるとは、まったく思っていなかったの」

「僕だって同じさ」グザヴィエは自嘲《じちょう》するような笑みを見せた。「だがいまは……よくわかる」その声には固い決意がこもっていた。

またも胸に石のような塊がつまった気分になり、リサは何も言えなかった。いまは、この瞬間を台なしにしたくない。最後の一秒まで、彼との時間を大切にしたかった。

リサは目を上げてグザヴィエを見た。一緒にいられる時間はもうすぐ終わる。でも、そばにいられるあいだは、できるかぎりこの夢に浸ろう。

「一緒に連れていくと言ってくれて、ありがとう」リサは硬い声で言った。

それ以上は何も言えず、思いのたけを目にこめて彼を見つめるばかりだった。グザヴィエが音をたててカップをテーブルに置き、立ちあがる。彼は何かを要求するかのように手を差しだした。

「おいで」

そのひとことで充分だった。

リサも立ちあがった。心臓が早鐘を打っている。彼が連れていってくれるところ、私がいつも望んでいるところへ行こう。

ほかのどこよりも彼女がいたいと思う場所は、彼の腕の中だった。

リサはシャワーを止め、柔らかなバスタオルで体を包んだ。心の中ではさまざまな感情が交錯していた。

グザヴィエは私を心から求めてくれている。それはわかる。愛を交わすたびに実感できた。それに、島を出たあとも一緒にいようと言われた。

そんなことが可能だろうか？　アルマンからの電話はまだないというのに。早く連絡をよこしてほしい。

リサはバスルームを出ると、ひんやりしたタイルの床を素足で歩いて寝室に戻った。

まだ早朝で、グザヴィエは眠っている。リサはベッドのわきにたたずみ、いまでは見慣れたはずの顔にうっとりと見入った。それだけで胸がいっぱいになった。

そのとき、携帯電話のくぐもった着信音が聞こえた。リサはあわてて部屋の隅の棚へ歩み寄り、ハンドバッグを開けた。

震える手で電話を取りだし、マナーモードに切り替える。振り返ってグザヴィエが目を覚まさなかったのを確認してから、フレンチ・ドアを抜けてテラスへ出た。

アルマンだ。きっとそうに違いない。彼は何を言ってくるのだろう？　聞くのが怖かったが、リサは勇気を出して通話ボタンを押した。

グザヴィエはふと目を覚ました。一瞬、何が眠りを妨げたのかわからなかった。

そう、電話だ。小さな音で、すぐに消えたが、間違いない。仕事柄、深夜や早朝に電話を受けることも多く、携帯電話の着信音には敏感だった。

グザヴィエはベッドわきのテーブルに置いてあった自分の携帯電話を手に取った。しかし、不在着信のマークは表示されていない。

室内を見まわすと、外のテラスにバスタオルを巻いただけのリサがいた。フレンチ・ドアは完全には閉まっていない。携帯電話を耳に当てている彼女の横顔はひどくこわばっていた。

こんなに朝早くから誰と話しているのだろう？ どんな用件で？

突然、リサの表情が変化した。こわばっていた顔が一瞬のうちに輝き、喜びに満ちあふれた。

リサの声が聞こえた。小声ながら、しっかりと聞き取ることができた。

「ああ、すばらしいわ！ 信じられない。本当なのね？ 間違いないのね？」

そこで言葉を切ってから相手の返事を聞き、それからリサは笑った。心からうれしそうな笑い声、そして実に幸せそうな笑顔だった。

「アルマン……愛しているわ、一生よ！ 信じられないくらい幸せよ。すばらしいわ！」

顔を輝かせたまま、彼女は再び言葉を切った。相手の話に耳を傾けるうち、もう一度表情が変化した。そしてグザヴィエははっきりと目撃した。彼女が驚きと喜びに大きく目を見開くさまを。

「まあ、アルマン、本気なの？ 結婚ですって？ 夢みたいだわ。ええ、もちろんよ！ あなたの言うとおり、すぐにでも」

リサは電話を耳に当てながらテラスの端のほうへ歩き始め、グザヴィエのところからは見えなくなった。同時に声も聞こえなくなる。

もっとも、それ以上見聞きする必要はなかった。グザヴィエは放心したように宙を見つめた。

胸の中では嵐《あらし》が吹き荒れ始め、非情で容赦のない怒りがわきあがってきた。

リサが寝室に戻ったとき、そこには誰もいなかった。感激のあまり彼女は胸を熱くしていた。アルマンからの知らせは望んでいたとおりのものだった。

いや、それ以上と言えた。

リサの目が輝いた。

アルマンは本当に結婚するつもりなのだろうか？　彼はこれまでも頑固で一途《いちず》だった。彼にプロポーズをされたら、答えは一つしかありえないはずだ。あまりの幸せに、リサは有頂天になった。

安堵《あんど》と幸福感とで舞いあがるような気分のまま、リサは服を身につけた。そしてフレンチ・ドアを抜け、居間に面したテラスまで走っていった。

テーブルにはすでに朝食の用意ができていて、いれたてのコーヒーとクロワッサンの香りが彼女を出迎えた。

しかし、そこにもグザヴィエの姿はなかった。きっと用向きの電話でもかけているのだろう。日中は二人でのんびり過ごせるように、仕事上の連絡は早朝にすませることが多かった。

不意に、リサは胸に痛みを覚えた。

グザヴィエ……。

彼に何もかも話さなければいけない。心にのしかかる重みに耐えかねたように、リサはため息をついた。

アルマン、そしてグザヴィエ……。

リサは深呼吸をした。きちんと向き合わなければならない。大変なことだが、私にはそうする義務がある。アルマンの気持ちがわかり、決断しやすくなった。

リサは椅子に座り、オレンジジュースに手を伸ばした。

別荘の家事を任されている女性が居間に現れ、何か注文はないかと声をかけてくれた。リサはいつものようにほほ笑んで、朝食の礼を言った。

女性は会釈をして立ち去り、リサはまた一人になった。

グザヴィエはどこにいるのかしら？　一刻も早く

自分の気持ちを彼に伝えたい。

リサは目の前に広がる風景を眺めた。広々とした草地に椰子《やし》の大木が立ち並んでいる。この時間帯の海の色はコバルトブルーだ。完璧《かんぺき》なまでに美しい。

そのとき、背後で足音が聞こえ、リサは振り向いた。そして凍りついた。

思ったとおり、現れたのはグザヴィエだったが、島でいつも着ていたカジュアルな服ではなく、仕事用のスーツを着ていた。リサは肩を落とした。

パリに戻るのは明日だと彼は言っていた。私もそのつもりでいたのに。

「今日発《た》つことになったの？」

リサの問いにグザヴィエは答えず、彼女から離れた場所に腰を下ろした。顔にはリサを拒絶するような表情が浮かんでいる。

グザヴィエがカップにコーヒーをついでいるあいだ、リサはその様子をじっと見守った。暗灰色の上着の袖口《そでぐち》からのぞく真っ白なシャツと金の腕時計が、彼の引き締まった手首を強調していた。

スーツ姿の彼がどんなに魅力的かはすでに知っていたが、この二週間カジュアルな装いしか目にしなかっただけに、どこか威圧感があった。それに、態度もいやによそよそしい。

「グザヴィエ、どうかしたの？」リサは思いきって問いかけた。

彼はコーヒーポットを置き、顔を上げた。何も言わず、暗く射るような視線をリサに注いだ。その鋭さに、彼女は思わず身震いした。

「グザヴィエ……いったい何があったの？」小声でもう一度尋ねる。

つかの間、グザヴィエの瞳の奥に感情らしきものがひらめいたものの、それが何かを読み取ることはできなかった。

するとグザヴィエはリサがこれまでに聞いたことのない冷酷な口調で切りだした。

「船でニースに行け。ロンドン行きの飛行機を予約してある」

「ロンドン？　今日？　私はてっきり……」リサの言葉は途中でとぎれた。胃のあたりにぽっかりと穴が空いたような気分だった。

「てっきり？」グザヴィエは黒い眉を上げ、冷ややかな笑みを浮かべた。「てっきり、なんだと思っていたんだ？」

彼はカップを手にしてコーヒーをひと口飲んでから、リサを見つめた。彼の目にはなんの感情も表れていない。

「まだ楽しめると思っていたのか？　うまく立ちまわったつもりだったんだろう？」

グザヴィエが彼女を見すえると、リサは顔をこわばらせて彼を見返した。

だが、とグザヴィエは考えた。リサはあの硬い表情の下で、どう言い繕うべきか必死に考えを巡らせているに違いない。

すっかりだまされていたと知って、グザヴィエの胸には恐ろしいまでの怒りが渦巻いていた。しかし、彼は自制した。いまは怒りをあらわにするべきときではない。

それに、その怒りはリサだけでなく、自分自身に向けられたものでもあった。

グザヴィエはあっさりだまされてしまった自分が許せなかった。

いまになって冷静に考えれば、自分がとんでもない愚か者だったとわかる。

爆発しそうな怒りを、グザヴィエは強固な意志でかろうじて抑えこんだ。彼女に対して感じている別の感情についても同様だった。

グザヴィエは無表情にリサの目を見た。これまで彼女は燃えるように目を輝かせて僕を見つめて……。

いや、思い出してはいけない。そんな彼女の記憶はすっぱり切り捨てよう。

「わからないわ、グザヴィエ。何を言っているの？　いったい何があったの？」

リサの声は張りつめ、不安に満ちている。いかにもこの状況にふさわしい、とグザヴィエは思った。彼女は状況に合った感情を表現するのがとても上手だ。

情熱、欲望……僕のためだけに……。

やめろ！

グザヴィエは自分を強く戒め、リサに向かって冷たく言い放った。「わからないのか？　君はロンドンに帰るんだ。あのみすぼらしい部屋に戻り、ハンサムで金持ちの若者と幸せな結婚をするがいい」

混乱のあまりリサの顔がゆがんでいくさまを、グザヴィエはじっと見守った。リサが何か言いかけると、彼は機先を制し、皮肉たっぷりに続けた。

「全部、手配はすんでいるんだろう？　アルマンは君にプロポーズをした。大きな幸せをつかんだいまの君は夢心地で、これから一生、彼を愛し続けるんだろう？」

ようやくリサにも事情がのみこめてきた。彼はさっきの電話を聞いていたのだ。彼女はあわてて言った。「グザヴィエ、私の話を聞いて」

彼の口もとに笑みが浮かんだ。体の芯《しん》まで凍りつくような笑みだった。

「もちろん、もっともらしい言い訳を用意しているんだろう。とても感動的なものをね。アルマンは古い友達にすぎないとか？　元恋人で、いまだに君を愛していて、君は彼の優しい心を傷つけたくない一心で適当に話を合わせた……。それとも、彼は君の友達に恋をしていて、君が仲を取り持とうとしている、とでもいうのかな？　君の豊かな想像力がどんな話をつくりだすのか、予想もつかないよ。ぜひとも聞いてみたいが、残念ながら時間がない。今日は忙しいんだ。君にはさっさと、僕とアルマンの人生から出ていってもらおう」

リサは言葉を失い、信じられないという目で彼を見つめるばかりだった。

グザヴィエはまた激しい怒りに駆られたが、あくまでも感情を抑え、彼女を見つめ返して静かに言った。「弟のアルマンと結婚して彼の人生を台なしにするようなまねを、僕が許すと思っていたのか？」

「弟？」リサは小声できき返した。

「そう、アルマンは僕の弟だ」グザヴィエはそっけなく答えた。

リサの表情がさらに変化した。そこには驚きと当惑に加え、恐怖とショックが見て取れた。

「でも……彼の姓はブコー……」

グザヴィエはうなずいた。「義父の姓だ」

「あなたの弟……でも、どうして？」リサはまだ信じられない様子で尋ねた。

グザヴィエは眉を上げた。「どうして君に近づいたかって？　弟を守るために決まっている。アルマンから結婚したい女性がいると聞いたが、相手の君が売春宿とたいして変わらないような職場で働いているとわかった。それで当然ながら、弟を守るために策を練った。君を弟から引き離す最良の手段は、僕が君を誘惑することだと考えたのさ。君はまんまと乗ってきた。こっちの思惑どおりに」

一瞬グザヴィエの声に感情が表れかけたものの、すぐ元に戻った。この場を自分のコントロール下に置くことが何よりも重要だと、彼は自覚していた。

「僕の最初の判断が正しかったらしいな。君はアルマンの結婚相手にふさわしくない」グザヴィエの目が憤怒《ふんぬ》に燃え、暗い輝きを帯びた。どこまでも自然で愛想のよい口調の中に、鋭利な刃物が放つような残忍さが潜んでいた。「ほかの男のベッドにあっさり入ってくるような女が、アルマンを愛しているはずはない。君の目当ては弟の財産だ。違うかい？いままでに、いくら弟から巻きあげたんだ？」

リサの顔が蒼白《そうはく》になった。どうやら痛いところをつかれたらしい。

「かなりの額なんだろうな」グザヴィエの声は意地悪く、あざけりに満ちていた。そして容赦がなかった。「どんなつくり話でアルマンの財布を開かせたんだ？ 病気の親戚《しんせき》がいるとでも言ったのか？ それとも……」

リサのもらした苦しげな声を聞き、グザヴィエは言葉を切った。彼女の顔は血の気を失い、思いつめた表情になっていた。

リサは立ちあがった。糸を強く引かれすぎた操り人形のようなぎくしゃくとした動きだった。

一瞬、彼女が倒れる前に支えてやりたいという衝動に駆られ、グザヴィエは動揺した。リサに駆け寄り、彼女を支え、抱きしめて……。

だめだ！ 彼女には完璧にだまされた。もしテラスでの会話を耳にしていなかったら、永久にだまされたままでいたかもしれない。

この際、きっぱりと感情は切り捨てよう。リサの本性がわかったのだ。嘘《うそ》つき、詐欺師、裏切り者、不実な策略家……。同情する余地のない言葉が、グザヴィエの脳裏を次々とよぎった。

あろうことか、リサは僕を陥れようとした。だが、そんな手に乗る僕ではない。

一方、リサは恐怖に駆られ、目を大きく見開いてグザヴィエを見つめていた。彼が歩み寄ってくる。逃げたかったが、一歩たりとも動けない。足が石になってしまったようだった。目を暗く光らせ、彼がさらに近づいてくる。肌のにおい、体のぬくもりまで感じられた。

不意にグザヴィエの手が伸び、リサの頬に手のひらをあてがい、髪を撫《な》で下ろした。彼女はそれでも身じろぎ一つできなかった。

「ベッドでの君はとてもよかったよ、いとしい人《シェリ》。本気でずっと一緒にいたいと思い始めていた」

グザヴィエがほほ笑みかける。リサは気分が悪くなりそうだった。

「その気になれば、僕をもっとうまく利用できただろうに。君にならいくら金を使っても惜しくないと思っていたからね。君は金に執着していないようだったから、かえって気前よくできた。僕に金を使わせるより、アルマンと結婚するほうが安全だと思ったのかい？　でも弟は僕ほど金持ちではない。気づかなかったのか？　もちろん、弟だって金は持っているが、僕とは比較にならない」

彼はいったん言葉を切り、リサの顔をゆっくりと眺めた。

「僕は〈グゼル〉の経営者だ。どれだけ財産を持っているか、君にわかるかな？」

グザヴィエは自分の財産を彼女に教えた。打ちのめされているリサを見て、彼は残酷な満足感を覚えた。

何も知らなかったリサはたったいま、自分がどれほどの大魚を逃したかに気づいたのだ。グザヴィエはとどめを刺すことにした。

「シェリ、君はベッドの中であれほど楽しませてくれた。僕自身がもう少しで君と結婚するところだったよ」

リサの顔に浮かんだ表情を見て取り、彼は再び満足した。

「だが、茶番はこれでおしまいだ」グザヴィエは軽く肩をすくめ、冷ややかに言った。「美しい人《マ・ベル》、残念だよ」

リサが動けずにいるのを見て、グザヴィエは再び手を伸ばして彼女の顎に指をかけ、顔を上向かせた。続いて腰をかがめて顔を寄せ、ゆっくりとキスをする。それから一歩下がった。彼の顔はまるで仮面をつけたように無表情だった。

「君はロンドンに帰れ」グザヴィエは取りつく島のない口調で告げた。「そしてアルマンに結婚はできないと連絡しろ。電話か手紙で知らせるんだ。会ってはならない。君には監視をつける。アルマンに会おうとすれば、監視の者が君を阻止するだろう。僕と関係があったことは弟には言わないつもりだが、必要となれば話す。忘れるな、結婚は許さない。わかったか？」

リサが答えられずにいると、グザヴィエは語気鋭く繰り返した。

「わかったな？」

リサはうなずいた。それ以外どうすることもできない。立っているだけで精いっぱいで、いまにも体が砕け散ってしまいそうだった。粉々に、幾千ものかけらになって。

「いいだろう。じゃあ、出ていってくれ。荷づくりに十分間与えよう」

グザヴィエが別荘の中に姿を消しても、リサはしばらくテーブルの傍らで立ちつくしていた。

リサの時間は止まっていた。時間は彼女を避けてどこか遠くの場所を流れているようだった。

船が航跡を残して陸地に向かって進み、海岸が近づいてくる。やはり時間は着実に進んでいるのだ。

しかしリサの中ではすべてが止まっていた。何もできず、何も考えられず、何も感じられなかった。

やがて船は港に着き、リサは誰かの手を借りて下船した。

待機していた車の後部座席に乗りこみ、港をあとにして道路へ出る。車はにぎやかな街の中を進み、やがて空港に着いた。見知らぬ人の案内でファーストクラスのチェックイン・カウンターに行き、パスポートを見せて、出発ロビーへ足を運ぶ。

どれほど時間がたったのか、リサはいつの間にか離陸直前の機内にいて、豪華なシートに座って窓の外をぼんやりと眺めていた。

離陸の際、リサは地面と一緒に自分の体も沈んでいくような感覚に襲われた。飛行機は大空に舞いあがり、フランスを縦断して北へ向かった。太陽がまぶしい。

しばらくしてリサの時間が再び動き始めた。

記憶がよみがえってくる。

グザヴィエに投げつけられた言葉が一つ一つ思い出される。

グザヴィエがアルマンの兄だったとは。グザヴィエは私のことを調べ、誘いをかけてきた。アルマンから私を引き離すために。情熱や欲望とは関係なく、弟を守るという目的のために。

二人のあいだに起きたことのすべてが嘘だった。彼がカジノに入ってきたときから、彼の別荘からほうりだされるまで、全部が嘘だったのだ。

胸に憎悪がわきあがる。心を塗りつぶすこの感情を、ほかにどう呼んだらいいのだろう？　毎日、毎晩、私を欺いていた男性に対する憎悪。いまとなっては彼の言葉も、愛撫《あいぶ》も、何もかもむなしい。

ロンドンは気持ちのいい穏やかな日で、リサをあざ笑うように金色の陽光が降り注いでいた。

着陸した飛行機の窓からも、手荷物受取所へ進む通路の窓からも、陽光を浴びてきらめく機体やターミナルビルが見えた。

ヒースロー空港は混雑していた。雑踏の中を、リサは幽霊のようにおぼつかない足どりで歩いた。やがて彼女の荷物がベルトコンベヤーで運ばれてきた。

リサは自分のスーツケースを見てはっとした。それはロンドンを出るときに持っていったものではなく、パリでグザヴィエから贈られた高級品だった。リサが使っていた粗末な旅行バッグは処分された。

不意にスーツケースの取っ手についている金色のロゴマークが、リサの目に飛びこんできた。

〈グゼル〉とある。

グザヴィエ・ローランの頭文字、XとLをもとにした社名だ。

なぜもっと早く気づかなかったのだろう?

グザヴィエ・ローランについて信じていたことのすべてが偽りだった。なのに、私は簡単にだまされてしまった。彼が偶然あのカジノにやってきたものと信じ、彼が本気で求めてくれていると思いこんでいた……。

やめなさい。考えてはだめ。そう、何も感じないほうがいい。

リサはスーツケースを取りあげ、重い足どりで税関を抜けて、地下鉄の駅へ向かった。

周囲から聞こえてくる英語に、リサは母国に戻ってきたことを実感した。地下鉄に乗り、がらんとした車両の座席に、彼女は傷ついた動物のようにうずくまった。

サウス・ロンドン駅で下車して地上のまぶしい陽光の中に出ると、たちまちかつての日常生活が戻ってきた。貧しい地域のきたない通りはいつもどおりの風景で、フラットは前にもましてむさくるしく見えた。裏の窓から数メートルのところを、列車が騒々しく通り過ぎる。カーテンはみすぼらしく、不ぞろいな家具は安っぽくて古びていた。

再び以前の暮らしに戻る前に、やらなければならないことがあった。

リサは携帯電話を取りだした。アメリカはまだ早朝だが、そんなことにかまってはいられなかった。

すぐにしなければならない。ほかに選択肢はない。

グザヴィエ・ローランは逃げ道を与えてくれなかった。

ゆっくりと、リサはアルマンの番号を押した。

グザヴィエは世界じゅうを飛びまわっていた。パリ、ミュンヘン、ウィーン。それから香港《ホンコン》、クアラルンプール、シンガポール、マニラ。続いてオーストラリアとニュージーランド。ケープタウンへ飛び、ヨハネスバーグを経て、ナイロビからカイロへも行った。

グザヴィエは立ち止まらなかった。休まなかった。三週間で三大陸をまわり、ヨーロッパに戻った。

彼はあえて自らを仕事づけにした。打ち合わせでも報告書のチェックでも予算案の作成でも、なんでもよかった。仕事以外のことを考えたり感じたりしないですむなら。

仕事で必要な人間以外、誰とも会わなかった。外国へ行っても、もっぱらホテルの部屋で過ごし、招待は断り、私的な外出はいっさいしなかった。

さらに、仕事関係者以外の人間とはいっさい連絡を断った。友人も家族も……何より家族を避けた。

まだアメリカにいるアルマンとも連絡をとらなかった。〈グゼル〉の仕事に関する連絡さえ、ほかの者を介した。

リサ・スティーヴンズがアルマンと接触しないことだけが重要だった。それについては、監視スタッフの簡潔な報告書で確認ずみだった。〝ロンドンでは動きなし〟と。弟にちょっかいを出さないかぎり、リサが何をしていようとかまわない。

彼女は消えた。もとから存在しなかったのだ。カジノになどいなかったし、僕がルーレットで金を使っているあいだ、安っぽい娼婦《しょうふ》同然の格好で隣に座ってなどいなかった。ロンドンの街角で、僕のせいでバスに乗り遅れて雨に濡《ぬ》れて立っていたり、食事の誘いに応じてホテルに現れたりもしなかった。

そして、自由の身になったからあなたと関係が持てるなどと、唐突に連絡してきて彼を驚かせた女など、最初からいなかったのだ。

なぜあんなことになったのだろう？　どうして簡単にだまされてしまったのだろう？　僕はすっかりたぶらかされ、リサを島へ連れていった。ところが、そこでの幸せな日々は、彼女にとってはアルマンにプロポーズされるまでの時間つぶしにすぎなかった。

メールで知らせてきたとおり、弟はリサに結婚を申しこんだ。彼女はそれを受けた。少しもためらうことなく。良心の呵責《かしやく》や罪の意識はまったくないようだった。プロポーズを受けているとき、壁一つ隔てた寝室のベッドには別の男がいたというのに。

グザヴィエは顔をしかめた。

あの女！　僕を裏切った、不実で、なんの価値もない女。

激しい憎悪がグザヴィエの胸にわきあがった。憎悪しかありえない。それ以外の感情を持つことは許せないし、絶対に認められない。僕と弟の両方を手玉に取り、欺いたのだ。兄弟そろって手ひどい裏切りを受けたのだから、リサに対して感じるのは憎悪だけだ。ほかには何もない。


派遣された会社の一室で、リサは表計算ソフトを操作して販売数と製品価格を打ちこんでいた。かなりの集中力を要する仕事で、いまのリサにはむしろありがたかった。意識を仕事に集中でき、それだけで頭がいっぱいになる。

リサは四六時中、目の前にあるかぎられたことだけを考えていたかった。

与えられた仕事、買おうとしている食品、やりかけている掃除、読んでいる本、見ているテレビ番組、歩いている道……。

そのときどきにしている行為だけを考え、ほかは何も考えまいとした。

ほんの一瞬でも油断すると苦い記憶がよみがえる。グザヴィエ・ローランとの思い出はすべて偽りだった。嘘にまみれた幻想にすぎなかった。

リサは必死にキーボードをたたき続け、仕事に専念した。それでも彼女の意識は携帯電話のくぐもった音をとらえ、リサは急いで引きだしから電話を取りだした。袖で隠すようにして席を立ち、化粧室へ向かう。

洗面台の前に立ったとたん、過去の一場面を思い出した。

保険会社に派遣されていたとき、いまと同じように洗面台の前に立って〈グゼル〉の番号を押し、グザヴィエ・ローランに電話をかけた。

なんてばかだったのだろう。リサはため息をつき、その思い出を打ち消そうとした。

携帯電話に届いていたメールに目を通す。

〝今週末の結婚式、すべて手配ずみ。航空券を送る。Aより〟

リサは顔を輝かせ、携帯電話を閉じた。グザヴィエ・ローランには多くのものを奪われた。でも、これだけは奪わせない。

少なくとも、これだけは安全だ。彼にはどうすることもできないのだから。

11

グザヴィエはヘリコプターに乗りこみ、すみやかにシートベルトを締めた。操縦士に向かってうなずき、離陸時の轟音《ごうおん》に備えてヘッドホンを装着する。飛行時間そのものは短いが、一秒たりとも遅れは許されなかった。

ソウルに滞在中、グザヴィエは母から連絡を受けた。母は、夫のルシアンとともにモルディヴで休暇を過ごしていた。電話の声はひどく興奮しており、聞き取りにくかった。それでも、話を聞くなりグザヴィエは凍りついた。

〝あなたも来なくてはだめよ。まったく急な話なの。ルシアンと次の便に乗るから、あなたもすぐに出発してちょうだい。式は土曜日よ。こんなぎりぎりまで話さないなんて、しかっておかなければ。私もルシアンも相手の女性と会ってもいないのに、結婚式の準備は全部すんでいるというんですもの。いったいどうなっているのかしら〟

母はひと息ついて続けた。

〝招待したい方も大勢いるし、その手配はどうするのかときいたら、アルマンは誰も呼ばない、家族だけでするると言うの。なぜか花嫁が簡素な式を望んでいるんですって。それに、心配なことがあるのよ、グザヴィエ。相手の人は理想的な女性ではないかもしれないけれど心から愛している――あの子ったら、そう言うのよ。どういう意味かしら？　グザヴィエ、とにかく来てね。約束してちょうだい〟

グザヴィエは行くと約束した。

ヘリコプターはニースの空港を離陸し、青く澄んだ地中海の上をモンテカルロへ、さらにその先のマントンにある母と義父の屋敷に向かって飛んだ。

二人の結婚を阻止するため、なんとしても式が始まる前に到着しなければならない。

グザヴィエの顔がこわばった。

リサはどうやって監視の目をかいくぐったのだろう？　とにかく、アルマンがこの間違った結婚で人生を台なしにする前に、マントンの屋敷まで行かなければ。

グザヴィエは再び激しい怒りに駆られた。もっと早く、アルマンにリサの正体を教えるべきだった。兄のベッドに入った女だとはっきり言うべきだったのだ。

なのに、弟の気持ちを思いやって、リサに警告するだけにとどめた。それがあだとなり、あの尻軽女《しりがる》にまたも裏をかかれてしまった。

一刻も早く彼らのもとへ行き、結婚を阻止しなければならない。リサに逃げ道を与えないよう、二人の目の前で話をしよう。

間に合うだろうか？　ソウル発の飛行機が遅れたうえに、東京とパリで乗り換える必要があった。ぎりぎりだ。

眼下の海岸線がいやにゆっくりと過ぎていく気がして、グザヴィエは心の中でヘリコプターをせきたてた。ヴィルフランシュ、モナコ、マルタン岬、そして、ようやくマントンへ達した。

屋敷の敷地内に着陸するのは難しいが、できなくはない。

海に面した庭に囲まれた、美しい屋敷が見えてきた。パイロットは巧みな操縦でヘリコプターを無事に着陸させ、庭木や花壇の損傷を最小限に抑えるため、すばやくプロペラを止めた。

グザヴィエはすぐに降りて屋敷に向かった。客間のテラスに面したフレンチ・ドアが大きく開かれ、突如とどろいたヘリコプターの轟音に驚いた人たちがそこに集まっている。

グザヴィエは人々の顔をざっと見渡した。義父、母親、司祭。

そしてリサ。

リサは彫像のようにじっと立っていた。ふわりとした花柄のワンピースは、丈が膝下までで、象牙《ぞうげ》色の地に淡い黄色の花が散らしてある。足には優美なサンダルを履き、手には大きな花束を持っている。背中に垂らした長い金色の髪にも花が飾られていた。

言葉では言いつくせないほど美しかった。このうえなく無垢《むく》で、申し分のない花嫁。

母親が顔を輝かせた。「グザヴィエ！　間に合ったのね。よかったわ」

見るからに幸せそうな母の顔を見て、グザヴィエは胸を痛めた。

母は何も知らない。当然だ、誰も知るはずがない。

グザヴィエはリサに目をやった。美しく純真な花嫁。いまの彼女の姿を見て、誰がその正体を見抜けるだろう？

リサの顔は無表情で、何も読み取れなかった。グザヴィエは激しい怒りを覚えた。あの顔に、おびえた表情を浮かべさせたい。

義父のルシアンがグザヴィエに声をかけ、正装に身を包んだ司祭を紹介した。挨拶《あいさつ》を返しながら、グザヴィエは弟の姿を捜した。どこにも見当たらない。

彼はフレンチ・ドアを抜け、客間に入った。

「アルマンはどこにいる？」グザヴィエはいささか乱暴な口調で母に問いただした。「弟と二人だけで話したい」

「すぐに来るわ。ちょっと事情があって――」

母が答えるのを遮るように、ルシアンが割って入った。

「グザヴィエ、あとにしたらどうかね」義理の息子を諭すように言う。

グザヴィエは二人に顔を向けた。「みんな、わかっていないんです。この二人の結婚を認めてはいけない」

居合わせた者たちが驚いて息をのんだ。ただ一人、リサだけは動じていない様子で、無表情のまま立っていた。

いや、本当にそうだろうか、とグザヴィエはいぶかった。彼女の目には、得体の知れない感情が浮かんでいた。口もともこわばっている。

それにしても美しい……。

だめだ。グザヴィエは自らを戒めた。リサを見てはいけない。彼女に会いに来たわけではない。だいいち、見せかけの美しさに惑わされるのはもうごめんだ。

ルシアンが口を開いた。「グザヴィエ、それはどういう意味だね？　確かに急な話だったが、手はずはすべて整っているんだよ」

「ムッシュー・ローラン、すべては手配ずみです」司祭が口をはさんだ。「特別な事情を考慮のうえ、この場で式をとり行う特免状も得て……」

グザヴィエは二人の話に耳を貸さなかった。司祭も義父のルシアンも、まったく見当違いなことを言っている。

「アルマンはこの女性と結婚してはいけないんだ。話にもならない！」

「グザヴィエ、そんなこと言わないで」母親があわてて口を出した。「あなたらしくないわ。もちろん障害はあるわ、でも――」

「障害？」グザヴィエは手を振って遮った。「それどころじゃない。彼女にはひどい隠し事があるんです」

彼は鋭く光る目でその場にいる全員を見すえてから、深く息を吸いこんだ。つらいことだが、避けられない。両親に、そしてアルマンに、なぜリサ・スティーヴンズと結婚してはいけないのか、その理由をはっきり告げなければならない。

「この結婚を許すわけにはいかない大きな理由があるんだ。それを、これからアルマンに話す」

グザヴィエはリサを見やった。彼女は落ち着いていたが、かすかに緊張感を漂わせてもいた。グザヴィエは彼女と視線を合わせた。

リサが挑むように見返す。できるものならやってごらんなさい、と挑発するかのように。

グザヴィエは受けて立つことに決めた。「君はどう思う?」リサに向かって尋ねる。「この結婚はいいものだと思うか?　アルマンが選んだ花嫁は、はたして彼を幸せにしてくれるだろうか?」

「ええ、アルマンはとても幸せになれると思います」

リサは顔色一つ変えずに答えた。視線もグザヴィエからそらさない。まばたきもせず、無表情なままだ。ただ、その奥に何かがある、と彼は思った。

「そうかな?」グザヴィエは眉を寄せ、厳しい口調で言い返した。「だが、アルマンが結婚しようとしている女性は……」

そのとき、客間の奥のドアが開いた。グザヴィエは振り返り、そして凍りついた。

アルマンが部屋に入ってきた。非常にゆっくりとした足どりで。それは、ある人物と腕を組んでいるせいだった。

ひどくやせてはいるものの、この世のものとは思えないほど美しい女性だった。シンプルな純白のドレスを身につけ、明るい色の髪を背中に流し、小さな髪飾りをつけている。彼女は華奢《きやしゃ》な手をアルマンの腕にあずけ、ようやく体を支えていた。

一歩ずつ、足を引きずりながら進んでくる。

とても愛らしい顔に、緊張と痛みによるしわが刻まれていた。真剣な表情でアルマンに導かれつつ、一歩一歩ゆっくりと前に出る。

部屋は静まり返っていた。

ルシアンが車椅子をそっと押しだし、アルマンが女性をそこに座らせた。脚にかかる負担が消え、女性の表情が緩む。

彼女はアルマンを見あげ、ささやいた。「あなたに約束したわよね。結婚式には、自分の足で歩いて臨むって」

アルマンは女性に優しくほほ笑みかけた。「ちゃんと歩けたね。きっと、これから日増しに力がついてくるよ」

女性は顔をほころばせ、アルマンの両親から司祭へと順番に視線を移していき、リサと目が合ったところで女性の笑みがさらに大きくなった。それから彼女はグザヴィエに気づき、目を大きく見開いた。

その反応を見てアルマンが初めて兄の存在に気づき、グザヴィエに歩み寄った。「兄さん、間に合ったんだね！　母さん《ママン》からは無理かもしれないと聞いていたけれど、きっと来てくれると思っていた。紹介するよ、彼女が僕の結婚相手だ」アルマンは車椅子の花嫁を指し示した。

グザヴィエは全身から力が抜け、立っているのがやっとだった。頭に何一つ浮かんでこない。

「ライラ、兄のグザヴィエだ。これまでさんざん僕の世話を焼いてくれたけれど、もうその必要もなくなる。これからは君が僕の世話を焼いてくれるからね」アルマンはグザヴィエに向き直り、英語からフランス語に切り替えて言った。「今回は僕を信じてくれたんだね、兄さん。心から感謝するよ」また英語に戻り、花嫁と兄の両方に笑顔を向けながら言葉を継ぐ。「僕は世界一の幸せ者だ。これもライラのおかげさ」

アルマンは一瞬声をつまらせたが、すぐに落ち着きを取り戻し、もう一人の女性のほうに手を差しのべた。

「ごめん、紹介が遅くなった。兄さん、こちらがライラのお姉さん、リサだよ。とてもすばらしいお姉さんなんだ」

アルマンは大きく息をついてライラに視線を戻し、優しい目で見つめた。

「でも、話はあとにして、まずは……結婚式だ」

アルマンは車椅子の横に立ち、ライラの手を取った。それからグザヴィエのほうを見て言った。

「横に立ってくれるかい、兄さん？」

グザヴィエはぎこちない足どりで弟の隣へ移動した。

続いてリサが花嫁の傍らに立った。象牙色のワンピースが、花嫁のまとう真っ白なドレスを見事なまでに引き立てている。

グザヴィエはリサをまともに見られなかった。何もできず、何も考えられない。

母と義父がほほ笑みを浮かべてみなに寄り添う。

それを見て司祭が咳払《せきばら》いをし、一歩前に出て法衣から聖書を取りだした。司祭は少し間をおいてから、これから結婚の誓いを立てる二人を見やり、厳かに口を開いた。

「親愛なる皆様、今日、神の御前《みまえ》に集い、この男女の婚礼を……」

朗々たる声が響きわたるなか、グザヴィエはただただ呆然《ぼうぜん》としていた。

式は短いものだったが、グザヴィエには耐えがたいほど長く感じられた。式の最後、司祭の宣言によって二人は正式に夫婦となり、アルマンが花嫁にそっとキスをした。

母と義父が前に進み出た。母は腰をかがめ、義理の娘となったばかりの女性の華奢な体を抱いて、涙に喉をつまらせながら祝福した。

「ライラ、とてもうれしいわ」

次はルシアンの番だった。彼はいかにも義理の父親らしいしぐさで花嫁の額にキスをした。「息子は幸運な男だ」その声も感極まって震えていた。

アルマンとライラは、新郎新婦にふさわしい晴れやかな表情を浮かべている。

そんな幸せそうな二人を見ていられず、グザヴィエは顔をそむけた。その拍子にリサと目が合う。彼女は射るような目でグザヴィエを見ていたが、すぐに彼を避けるようにして体の向きを変え、新郎新婦のほうに歩み寄った。

アルマンが車椅子にかがみこみ、花嫁を抱きあげる。花嫁は顔を輝かせ、両腕を夫の首にまわした。そして全員がドアのほうに足を運んだ。

このあとは、ダイニングルームでお祝いの食事をすることになっていた。新婚の二人がドアの外へ出ていくのを見届けてから、グザヴィエはリサの手首をつかんだ。

「話がある」彼の声は低かったが、熱いものがこもっていた。

「なんの話かしら?」リサはグザヴィエをにらみつけた。「まだ何か、言い残したことでもあるの?」

「なぜ言わなかった?」グザヴィエの目が暗く光った。「どうして本当のことを言わなかったんだ?」

けがらわしいとでも言いたげに、リサは彼の手を振り払った。

広い廊下には誰もいなかった。ほかの者はもうダイニングルームに入ってしまい、使用人がときおり行き来するだけだ。シャンパンのコルクを抜く小気味のいい音や、フランス語と英語が入りまじったおしゃべりや笑い声が聞こえてくる。

グザヴィエは再びリサの手首をつかみ、強引にテラスまで連れだした。暖かい陽光が二人にさんさんと降り注ぐ。

「放して！」

「言ってくれ。どうして本当のことを教えてくれなかったんだ？」

「本当のことですって？」リサは苦しげな声できき返した。「話したところで、どうせあなたのゆがんだ心では何も理解できないわ。カジノで働くみすぼらしいホステスが、大事な弟を食い物にしようとしている。あなたは頭からそう決めつけていたんだもの」

　グザヴィエの顔がこわばる。「監視スタッフの調査では、アルマンの訪問先に住んでいるのは君一人だった。ほかに出入りする者はいなかったはずだ」

「妹は出入りなどしないからよ。車椅子でしか動けないから、何日も外出しないことだってあるわ。たまに外出するのは、病院に行くときだけ」リサはとげとげしい口調で言い返した。

「ドアの前でアルマンと抱き合っているところを見られているんだぞ」

　リサの目が光った。「アルマンは優しかったわ。私がライラのことで心を痛めているのを理解し、慰めてくれた。私はカジノでの下品な仕事も含めて働きづめだったから、いつだって疲れ果てていたの。教えてあげましょうか、お坊っちゃま。条件のいい夜間の仕事なんて、そうそうあるわけじゃないのよ。掃除の仕事よりはホステスのほうがお給料はずっといいの。たとえ、いけすかない男にじろじろ見られ、〝出張サービス〟に呼びだされたりしてもね」

　リサは身を震わせた。まだまだ言いたいことがあった。癒《い》えることのない傷からわきだすかのように。そう、傷は決して癒えることがない。

「どんなに働いても足りなかった。昼間は会社勤めをして、夜はカジノで働き、それでも必要な金額にはほど遠かったわ」

「どういう意味だ？　どうしてそんなに金が必要だ

った――」

グザヴィエが言い終わらないうちに、リサはまた彼の手を振り払った。

「あなたに話すことは何もない。もう行くわ。今日はライラの結婚式よ。誰にも邪魔はさせない。アルマンにとっては、花嫁の脚が不自由でも、私がカジノのホステスでも、そんなことは問題じゃないの。あなたにできることは何一つないわ」

12

リサはグザヴィエのもとから小走りで逃げだした。心臓が早鐘を打っている。結婚式にグザヴィエが現れることは承知していた。彼は結婚式を止めようとするだろうが、何もできはしない。ライラとアルマンの愛のきずなは、そんなことで壊れるほどもろくはないのだから。

ライラについて、そしてアルマンがもたらしてくれた奇跡について考えると、いまもリサは目がしらが熱くなる。

不誠実なグザヴィエ・ローランには、いっさい手を出させない。

この美しい屋敷に来て以来、リサは緊張のしどおしだった。待ちに待った妹の結婚式だというのに、リサにとっては拷問に等しかった。グザヴィエと過ごした島を思わせる青く澄んだ地中海を見て、胸が痛んだ。

あの島は、ちょっと船に乗れば行ける距離にある。それでいて、いまのリサにとっては銀河の果てと同じくらい遠い。

リサは客用の化粧室に入った。食事会の前に、うわべだけでも取り繕っておく必要がある。グザヴィエ・ローランに対する感情は隠しておかなければならない。彼とは今日が初対面ということになっているのだから。

ロンドンに戻って以来、アルマンとは携帯電話で連絡をとり合う程度で、目立った行動は控えてきた。グザヴィエとのあいだに起きた出来事で、ライラの身に起こった奇跡を台なしにするわけにはいかない。

アメリカの病院で最新技術を駆使した手術の結果、ライラの傷が治るかもしれないというリサの願いがついにかなえられた。ライラはリサに残された唯一の身内で、かけがえのない存在だった。

本来ならアメリカへ同行し、事故後の二年間ずっとそうしてきたように、世話をしてやりたかった。けれど、結局はアルマンと二人だけで行かせた。二人のあいだの愛を確信したからだ。

病院で車椅子に乗ったライラを初めて見たときから、アルマンの目は明るく輝いていた。アメリカに発《た》つとき、二人の愛は確実に育っていて、リサの助けなど必要なかった。

〝手術が成功したら、アルマンから姉さんに連絡してもらうわ。きっとうまくいくはずよ。必ず歩けるようになるって約束する。がんばるわ〟空港で別れ際に、ライラは言った。

そして妹は約束を守った。リサの目に涙がこみあげた。

ライラは確かに自分の足で立ち、アルマンと腕を組んで結婚式に臨んだ。アルマンの目には優しい愛があふれ、ライラの顔は幸せに輝いていた。

二人は幸せになるだろう。何があろうと絶対に。

なんとか気持ちを落ち着かせ、リサは化粧室を出てダイニングルームへ向かった。リネンの敷かれた大きなテーブルには、銀器やクリスタルの食器が並び、美しい花が飾られていた。

グザヴィエはすでに母親とライラのあいだに座っていたが、リサはそちらを見ないようにして、アルマンと彼の父親のあいだに着席した。

こちらに向かって笑みを浮かべるライラを見て、リサの目にまた涙がこみあげてきた。

これまでライラはつらい思いばかりしてきた。車椅子の生活を余儀なくされ、再び自分の足で歩く希望を失いかけて……。

グラスをナイフでたたく音が響き、みなは雑談をやめ、室内が静まり返った。もっとも、リサとグザヴィエはずっと無言だったが。グザヴィエのほうを見なくても、彼が話をしていないのはわかった。彼の声なら、すぐに聞き分けられる。

どこからともなく苦い記憶が脳裏に浮かびあがった。島での最後の日、リサの心を打ち砕いた彼の非難の言葉。細長いシャンパングラスを持つ彼女の指に力がこもった。

アルマンがグラスを手に立ちあがり、愛情たっぷりの表情を浮かべてライラを見つめた。ライラのほうは彼が太陽ででもあるかのように、まぶしそうに見あげている。

「乾杯をしたいと思います。僕をこの世でいちばん幸せな男にしてくれた最愛の妻に、感謝をこめて。そして、彼女を娘として歓迎してくれた両親にも」

アルマンは英語で言い、またライラを見やった。

「ライラの家族を襲った悲劇について、いまは詳しく話さないけれど、残念ながら会うことのできなかった義理の両親にも、そしてライラが生き残ってくれたことにも感謝します。それからもう一人、特別に感謝したい人がいる」

アルマンは体の向きを変え、リサを見た。

「リサはすばらしい義姉《ねえ》さんだ。見てのとおり外見が美しいだけでなく、何よりも心が美しい」

アルマンは両親と兄を見てから続けた。

「事故のあと、リサはライラを励まし、支えてくれた。そして昼も夜も働き続けた。アメリカで高度な手術を受ける費用をためるために。その手術がライラにとって、車椅子から解放される唯一の望みだったんだ」

アルマンは口調を改め、厳かに続けた。

「幸い、僕にはその手助けをできるだけの経済的余裕があった。だから僕はライラをアメリカに連れていき、手術の手配をして、そして……一生の愛を手に入れた」

アルマンは三たびライラを見つめ、二人は手を握り合った。ライラの手を握ったまま、アルマンはグラスを掲げた。

「リサに」

リサは顔を赤くして座っていた。

アルマンに続いて一同が唱和する。一人を除いて。唱和の中にグザヴィエの声はまじっていなかった。

新郎が腰を下ろすと、ライラが手を伸ばして姉の手を握った。「最高のお姉さんよ」

リサは思わず涙ぐんだ。

アルマンとルシアンがリサの肩に手を置き、アルマンの母親がテーブルの向こうからほほ笑みを投げかけた。

ほどなく食事会が始まった。料理はすばらしかったが、思い出に邪魔をされ、リサは楽しむことができなかった。ときおりグザヴィエの声が聞こえた。

聞きたくなかった。彼を意識したくなかった。

ただ、グザヴィエのせいで妹の幸せがほんのわずかでも曇ることは許さない――その思いのみをリサは強く意識していた。アルマンの献身的な愛によってもたらされた奇跡さながらの幸福を、なんとしても守らなければならない。

不意にリサの胸に痛みが走った。

ライラが幸せならそれでいい。ほかのことはどうでもいい。

私自身の幸せは問題じゃない。私の幸せは、島を出た日に砕け散った。グザヴィエに対してふさわしい感情はただ一つ、それは憎悪だ。

グザヴィエは食事のあいだ、母や義父や司祭と言葉を交わした。アルマンや花嫁とも話したが、肝心の内容は少しも頭に入ってこなかった。弟の結婚を祝うこの食事会は、彼には拷問同然だった。真実だと思いこんでいたすべてが間違いだった。その事実が彼を打ちのめした。

アルマンの結婚相手はリサではなく、妹のライラだった。自動車事故で両親が亡くなり、ライラも傷を負った。リサは妹のために懸命に働いてきた。妹が再び歩けるようになるには高度な手術が必要で、その費用をためていたのだという。

あの朝、自分がリサに投げつけた言葉を思い出し、グザヴィエはぞっとした。

それにしても、リサはなぜきちんと説明してくれなかったのだろう？　とにもかくにも、彼女と話をしなければ。

そのとき、内なる声が聞こえ、グザヴィエの背筋に震えが走った。

いまさらリサに何を言うつもりだ？

グザヴィエは顔をこわばらせた。それでも、なんとかしてリサと話さなければ何も始まらない。しかし、いつ、どうやって？

永遠に続くかと思われた食事会がようやく終わり、司祭が立ちあがって別れを告げた。

母と義父が、外で待っている車まで司祭を送っていくと、ダイニングルームには、グザヴィエと新郎新婦、それにリサの四人が残された。リサと二人だけになれないものだろうかと、グザヴィエは思案した。腹立たしいことに、リサは妹のそばから離れようとしない。彼は義妹のほうを見やった。

そのとき、アルマンが新妻に歩み寄り、背後にまわって華奢《きやしや》な肩に手を置いた。「少し休んだほうがいい」

「大丈夫よ。疲れていないわ」

ライラが夫を見あげて応じると、アルマンは首を横に振った。

「無理をしちゃいけないと医者に言われただろう。夜にはパーティが控えているんだから、いまのうちに休息をとったほうがいいよ」

アルマンはライラの額にキスをしてから、グザヴィエを見て言った。

「母《ママン》さんが、盛大なパーティを催すと言って聞かなかったんだ。急な話だったのに、かなりの人数が集まるらしい」

アルマンは慣れた様子でライラを抱きあげた。

「部屋まで行くわ」リサが横あいから言った。

ライラはかぶりを振った。「大丈夫よ、姉さん。アルマンがいるから」

ライラとアルマンが、新婚カップルならではの親密な視線を交わす。

「兄さん」アルマンがグザヴィエに向かって言った。「リサに屋敷を案内してあげたら？　ママンは今夜のパーティの準備で忙しいだろうし、父《パパ》さんは書斎で昼寝でもするだろうから。リサ、ここの庭は散歩にちょうどいいんだ。とくに、見晴らし台のあずまやからの眺めは最高だ」

「ありがとう。でも、私も部屋で少し休むわ」

「だめよ、姉さん。グザヴィエと一緒に行ってあげて。アルマンがいつも言っているの。グザヴィエはふだん忙しすぎるから、たまには外の空気を吸ったほうがいいって。それに……」いたずらの相談でもするみたいに、ライラは耳打ちをした。「彼、すごくすてきじゃない？　姉さんもいつも以上にきれいだし」

ライラは目を輝かせ、リサの手をぎゅっと握りしめてから放した。

「さあ」アルマンが二人をせきたてる。「メールのチェックなんかあとまわしでいい。兄さんが何もしなくても、〈グゼル〉はあと一時間くらいもつさ。リサと散歩しておいでよ」

リサに歩み寄ったとたん、グザヴィエは彼女が身を硬くしたことに気づいた。伝わってくる嫌悪感は手でさわれそうなほどだ。それでもかまわない。リサと話をしなければならない。

「マドモアゼル？」庭に向かって開いたフレンチ・ドアを示しながら、グザヴィエは礼儀正しく言った。

リサはしかたなくテラスに出た。後ろからライラの笑い声が追いかけてくる。

「マドモアゼルじゃなくて、リサよ。もう家族なんだもの」

ライラはそう言って、アルマンとともにダイニングルームを出ていった。

幸せいっぱいの二人の姿が見えなくなると同時に、リサはグザヴィエに顔を向けた。

「あなたとはどこへも行かないわ」

グザヴィエは何も言わず、リサの肘をつかんで歩きだした。傍目《はため》には連れだって歩いているように見えるかもしれないが、リサはひどく動揺していた。彼につかまれている場所がやけどしそうなほど熱くなっている。

リサを促して庭へ出る石段を下りながら、グザヴィエは着いたときのことを思い起こしていた。ヘリコプターから飛びだしてこの石段をのぼってきたときは、アルマンの結婚を阻止することしか考えていなかった。あのとき、頭にあった考えは、いまやすっかりくつがえされていた。

彼は歩調を速めた。

リサと話さなければならない。その一心だった。

二人は見晴らし台に着いた。小さな石づくりのあずまやがあり、風光と海からの心地よい風に恵まれている。リサはすぐさまグザヴィエの手から逃れ、いちばん遠くのベンチに腰を下ろした。

「どうして話してくれなかったんだ？　なぜ非難されるままでいた？　なぜ言い返さなかった？」グザヴィエはリサに食ってかかった。その口調は激しく、目には怒りの炎が燃えていた。

「さっき言ったはずよ」リサは疲れたような目で彼を見返した。「あなたはゆがんだ心で、ひどい思い違いをしていたわ。あのとき、私がいくら説明したって、きっと信じなかったでしょう。それに、忘れているようだけれど、私は説明しようとしなかったわけじゃない。でも、あなたはけんもほろろに言ったわ。〝もちろん、もっともらしい言い訳を用意しているんだろう〟って。アルマンからいくら巻きあげたんだときかれたとき、もう何を説明しても無駄だと悟ったわ。だって、実際にアルマンはライラのためにお金を出してくれていたんだもの。あのとき、ライラはもうアメリカにいて、アルマンは手術や入院費用の支払いをすませていたわ」

「まったく、信じられないよ」グザヴィエは彼女をじっと見つめた。「アルマンが与えた金の使い道を知って、それでも僕が君を非難すると思ったのか？　僕をそんなにひどい男だと思っていたのか？」

リサが何も答えないので、グザヴィエは胸にナイフを突き立てられるような思いがした。そこへさらに追い討ちをかけるように、リサが容赦なく言った。

「病気の親戚《しんせき》がいるとつくり話でもしたんだろう。あなたはそんなふうにも言ったわね」

グザヴィエの顔から血の気が引いた。「妹さんは実在している。現実の話じゃないか」

「あなたは、アルマンがライラのためにお金を出すのを許したかしら？　二人の結婚を認めた？　私のことを財産目当ての女だと決めつけたでしょう。ライラは違うの？　結果的に、ライラはアルマンに大金を使わせたうえ、脚が不自由なのよ。理想の花嫁とはほど遠いわ」

グザヴィエはアルマンからのメールを思い出した。

〝いろいろ問題はあると思う。でも、彼女が兄さんの考える理想的な結婚相手ではなくてもかまわない……〟

アルマンの言っていた意味を初めて理解し、グザヴィエは胸をつかれた。「彼女の脚のせいで僕が結婚に反対すると思ったのか？」かすれた声で尋ねる。

「二人とも、それを心配していたわ。あなただけではなく、アルマンのご両親についても」

「母や義父は何か言ったのか？」グザヴィエはリサから目を離さずにきいた。

「いいえ。ご両親は優しかったわ。ライラを実の娘のように歓迎してくださった」

「僕だって歓迎するよ。歓迎しないはずがないだろう？」彼は一語一語に熱をこめて言った。「二人が部屋に入ってきたとき、僕がどんな気持ちになったと思う？　それまで信じていたことが全部ひっくり返されたんだ。自分がとんでもない誤解をしていたことに気づいた僕の気持ちが、君にわかるか？」

「せいぜい苦しんでほしいものね」

リサの言葉は鞭《むち》のごとくグザヴィエの心を打った。

彼は口もとをこわばらせて応じた。「アルマンの話で、君が妹さんの手術費を稼ぐために苦労していたと知り、ますますひどい自己嫌悪に陥った。どうしてああいう仕事をしている理由を話してくれなかったんだ？」

リサは信じられないと言わんばかりに目を見開いた。「あなたになんの関係があるの？」

「なんだって？」グザヴィエはフランス語で小さく悪態をついた。「二週間も一緒にいたんだから、真実を話してくれてもよかったはずだ」

「真実ですって？」リサはぞっとしたような顔をして身を引いた。「私だって、あなたに関する真実を初めて知ったのは、別荘から追いだされる直前よ。あなたがしたことの真実をね。アルマンから引き離すために、私を捜しだして誘いをかけたと、自慢げに話したわよね。それから、私をけがらわしいものみたいに別荘からほうりだした」

グザヴィエの顔が蒼白《そうはく》になるのを見て、リサは残酷な喜びを感じた。暗い怒りがふつふつとわいてくる。

「そんなつもりはなかった」

「いいえ！　目の前ではっきり言ったでしょう、私を捜しだして誘惑したって。何もかも計算ずくで、目的はただ一つ、アルマンが私にだまされて結婚しようとしているのを阻止するためだって」

「違うんだ、リサ」グザヴィエはあわてて否定し、続けた。「聞いてくれ。それは誤解だ」

「カジノに来たのは、私を捜しに来たわけではなかったというの？」

「それは事実だ。しかし……」

「事実なんでしょう？　あの朝、島で言ったことは、全部本当のことなんだわ」

「違う」

リサの目が光った。「自分で言ったじゃないの。

わざわざ私を捜しあて、気を引いた。弟の結婚相手にふさわしくない女だと思わせるためにって」

「そんなふうには考えていなかった。ただ、確認したかったんだ。リサ、聞いてくれ。アルマンは昔から、人を疑うことを知らないやつだった。前にも悪い女にだまされた経験がある。だから、結婚したい相手ができたと聞いたとき、黙ってはいられなかったんだ。弟がまた同じ目に遭わないかと心配でたまらず、どうしても相手の素性を確かめたかった」

「そして、私をアルマンから遠ざけるために誘惑した。安全策を取ったんでしょう。カジノのホステスなんて、あなたの家族の一員としてはふさわしくないものね」

グザヴィエは大きく息を吸いこみ、繰り返し否定した。「そうじゃない」

「いまさら否定しても無駄よ。言いたいことはわかったわ。あなたは知らなかった。私は妹のことを一度も口にしなかったし、読心術でも使わないかぎりライラのことは知りようがない。弟さんから結婚したい女性がいると聞いて、あなたはカジノのホステスがお金目当てで弟さんに近づいたと思った。それで弟さんを守ろうとした……」

リサは肩をすくめ、続けた。

「無理もないわ。それに、アルマンからの電話を誤解して、彼が私にプロポーズをしたと思いこんだのも当然かもしれない。自分と親しくしている女性が、ほかの男性からのプロポーズを承諾するのを聞いたら、誰だって腹を立てるわ」リサは苦しげに息をつき、呼吸を整えた。「あなたのことはもう責めない。すべては、ちょっとした間違いが積み重なっただけなのよ」

リサは見晴らし台を囲む手すりを握りしめた。ブーゲンビリアが見晴らし台の支柱にからみ、真っ赤な花を咲かせている。その花から花へと、蝶《ちょう》が舞う。すべてが鮮やかで、美しかった。

リサにはすっかり理解できた。

間違い。そう言うほかない。

現実の重みにリサは押しつぶされそうだった。グザヴィエを憎みたいのに、できなかった。あの朝、彼がひどい態度をとったとき、彼が見ていたリサは本当のリサではなかったのだ。グザヴィエの言動は、〝金目当ての女〟という架空の存在に向けられていたのだ。

蝶は花の蜜《みつ》を吸っていたが、やがてどこかへ飛んでいった。視界がぼやけだし、屋敷に戻ろう、とリサは思った。ここにいても時間の無駄だ。リサは背筋を伸ばし、まばたきをして涙をこぼすまいと努めた。

グザヴィエを見やると、彼はまだリサを見ていた。

とたんに胃のあたりが落ち着かなくなり、リサはそれを無理やり抑えこんだ。


まったく意味のないことだわ。グザヴィエ・ローランがこの場にいて、私の膝から力が抜けたとしても、それがなんだというの？　かつて彼の腕に抱かれ、キスをされ、すばらしい抱擁にうっとりしたとしても、いまはもうなんの意味もない。

カジノの客として近づいてきた真の目的を聞かされたあのときから、すべてがどうでもよくなった。彼は悪い女にだまされかけている弟を救おうとしたにすぎない。

なのになぜ、胸をナイフでえぐられたような痛みを覚えるのだろう？

その答えなら、リサはとうにわかっていた。彼女は自分の感覚を麻痺《まひ》させるため、懸命にグザヴィエを憎んできた。

おかげでなんとか日常生活を送ることができた。この何週間かをどうにかしのぎ、今日のグザヴィエとの再会にも耐えられた。

しかし、必死にかきたててきた憎悪もそろそろ消費期限が切れかかっていた。いつまでも彼を責め続けることはできない。

憎悪がなくなったら、そのあとには何が残るのかしら？

核心に迫る問いに、胸の痛みがいっそうひどくなった。

グザヴィエ・ローランへの憎悪が消えたあとで私の心に残る真実はただ一つ。

それはリサにとってはつらすぎるものだった。なるべく早くここを離れよう。今夜のパーティに出ないわけにはいかないから、明日ここを出よう。それまでは、なんとか耐えるしかない。

リサは再び背筋を伸ばした。グザヴィエがこちらを見ているが、その目からは何も読み取れない。それでいい。

「間違いだったの」リサはもう一度言った。「それだけよ」

何かがグザヴィエの目の中で動いた。「本当にそれだけか？」

「ええ、そうよ」

グザヴィエが近づいてくるのを見て、リサはあとずさって逃げようとしたが、すでに背中が手すりについていた。

「僕たちのあいだに起こったことは、すべて間違いだったというのか？」グザヴィエは低い声で尋ねた。

「グザヴィエ、あなたを責めたりはしないと言ったでしょう。あなたは弟さんを守ろうとした。それでいいのよ」

「本当にそう思うのか？」

彼の冷静な声を聞き、リサは図らずも怒りを覚えた。「真実を知らなかったからといって、私に近づいた理由が変わるわけじゃないわ。アルマンを私から引き離す以外に、理由はなかったんでしょう」

リサは胸を締めつけられた。どんなにつらく残酷な事実でも、事実であることに変わりはない。

グザヴィエの目を見たくなかった。彼と目を合わせたくない。しかし、逃げたくても手すりに邪魔をされ、リサは身動きがとれなかった。彼はすぐ目の前に立っている。

「この真実については、どうなんだ？」グザヴィエの声音が急に変わった。

彼のかすれた声を耳にしたリサは、手すりをつかんでいないと倒れてしまいそうになった。

グザヴィエが手を伸ばし、リサの頬に触れた。

「この真実は？」重ねて言う。

彼の目の中に浮かんでいるものを、リサははっきりと見て取り、身を震わせた。

グザヴィエは腰をかがめて顔を寄せ、ゆっくりとキスをした。リサは体がとろけそうになり、こんなことはいけない、と自分に強く言い聞かせた。

リサはやっとの思いで身を引いた。「こんなのは真実じゃないわ。これも弟さんを守るための嘘《うそ》だったんでしょう」

「わからないのか？　アルマンから引き離すために君に近づいたわけではない。確かに、君のことを探るためにカジノへ行った。だが、実際に会ったら、君が欲しくなった。君が弟の結婚相手だと思うと後ろめたかった。君からの伝言を秘書から聞いたとき、僕はアルマンとの関係が切れたと考え、急いで君のところに行った。それからあの日の朝まで、何も考えなかった。電話の声を聞いて君がアルマンと結婚すると誤解したときは、この世の終わりだと思った。ひどいことを言ってしまった。許してほしい」

リサは息をのんだ。喉も、体も、どこもかしこも痛みに悲鳴をあげていた。「あなたがそう考えたのは無理もないわ。理屈に合っているもの」彼女はどうでもいいことを口にした。ほかになんと言えばいいのだろう？

「理屈？　そうだね。確かに理屈どおりだった」グザヴィエは奇妙な表情を浮かべた。「理屈、理由、証拠、事実。それが僕の生き方だった。いつだって頭で考え、理にかなった行動をとろうと心がけてきた」彼は大きく深呼吸をした。「ところが……君と出会って、僕はあることに気づいたんだ」

彼は少し間をおいた。再び口を開いたとき、彼の目は澄み、声も明るかった。

「僕はいつでも理屈を信じてきた。だが、〝ル・クー・ラ・セ・レゾン、クェ・ラ・レゾン・ヌ・コンネ・ポワン〟」

グザヴィエは格言らしきものをフランス語で言った。その意味を、リサは時間をかけて理解した。

「パスカルの言葉だよ。翻訳しようか？」彼はリサを見つめ、穏やかに尋ねた。

リサはかぶりを振った。視界がぼやけ、意志の力をかき集めて口を開いた。「〝心には理屈ではわからない理由がある〟」

リサの目から涙があふれ、ダイヤモンドのようにきらめいて頬を伝い落ちた。

くずおれそうになった彼女をグザヴィエが抱きとめる。

彼のぬくもりに包まれ、リサはため息まじりに彼の名を呼んだ。「グザヴィエ……」

グザヴィエがリサの手を取り、自分の胸に押し当てた。彼の激しい鼓動が伝わってきて、リサはグザヴィエがそばにいることを実感した。

濃い褐色の瞳が彼女を見つめる。「僕の心は君のものだ。このことを僕は信じなければいけなかったんだ。頭で理解していることではなく、心が感じていることをね」

リサの頬を涙がとめどなく流れ、多くの痛みや傷を洗い流した。

二人は偽りのない心で、キスを交わした。

「ああ、かわいい人《ミニョヌ》、心から愛している」

愛の告白を聞いて、リサはすすり泣きながら彼に抱きついた。グザヴィエは二度と離すまいと言わんばかりに、彼女を力いっぱい抱きしめた。

グザヴィエの胸に、高ぶった感情が津波のように押し寄せてきた。リサをそっと石の手すりに座らせ、彼女が落ち着くまでしばらく抱き合っていた。二人して青い海を眺めているだけで満足だった。

やがてリサが口を開いた。「あなたを憎もうとしたのよ、グザヴィエ。でも、自分の心に嘘をつくことになるから、つらかったわ。二人のあいだに起きたことがすべて嘘で、何もかもあなたが計画したことだったなんて信じられなかった……」

リサは震える息を吐きだし、言葉を継いだ。

「だって、あなたと一緒に過ごした何週間かは、私にとっては、人生でいちばんすばらしい時間だったんだもの。永遠に続くとは思わなかったわ。あなたに愛されるとは夢にも思わなかったから。ライラがアメリカに行っているあいだだけのことと覚悟を決めていたわ。もし手術が失敗したり、アルマンがライラを愛してくれなかったりしたら、私はライラのそばにいてあげなければいけない。あの子をほうりだして自分だけ幸せになるなんてできないもの。だから、あなたを愛するわけには……」

リサは彼の手を口もとに運び、キスをした。

「でも、奇跡が起こってライラは車椅子の暮らしから解放された。何よりうれしいのは、ライラにアルマンという男性が現れたことよ。私の前にあなたが現れたようにね」

もう一度彼の手にキスをしてから、リサはグザヴィエの口に顔を寄せた。

リサの唇には愛があふれていた。澄んだ目にも。彼女の心は信じられないほどの幸せに満ちていた。

グザヴィエは両手でリサの顔を包み、ほほ笑みかけた。「すぐにでも結婚しよう。愛しているよ、ミニヨタ。もっとも、今夜はアルマンたちの結婚パーティだ。主役の座を奪うようなまねはしないでおこう。僕たちは彼らの結婚パーティで踊り、彼らはいずれ僕たちの結婚パーティで踊る。ああ、結婚式が待ちきれないよ」

グザヴィエは海のほうを指さした。

「すぐそこに義父の船が係留されている。あと何時間かは、みんなに顔を見せなくても大丈夫だろう。だから……」

リサは問うように彼を見つめた。

「高速船だから、パーティには遅れないように帰ってこられる」

「どこへ行くの？」

リサにはわかっていた。彼がどこへ行きたがっているか。リサも同じ気持ちだった。

グザヴィエが彼女を立ちあがらせた。そのとき、彼の目が輝いているのを見て、リサは脚が震えた。

「二人の幸せを見つけた場所だよ。新婚旅行でも行くところさ」

そこで急に彼は眉を寄せた。

「あの島の別荘でいいかい？　それとも、もっとほかに行きたいところがあるのかな？」

リサは首を横に振った。

「私が欲しいのはあなただけよ。どこにいてもね」

「僕も、君だけだ。一生変わらない」

グザヴィエは誓いをこめてリサにキスをした。

二人は急いで海辺へ向かい、ともに歩む人生に向けて出航した。

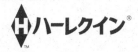

ハーレクイン・ロマンス　2008年9月刊（R-2321）

雨に濡れた天使
2024年12月20日発行

著　　者　ジュリア・ジェイムズ
訳　　者　茅野久枝（ちの　ひさえ）

発 行 人　鈴木幸辰
発 行 所　株式会社ハーパーコリンズ・ジャパン
東京都千代田区大手町1-5-1
電話 04-2951-2000（注文）
0570-008091（読者サービス係）

印刷・製本　大日本印刷株式会社
東京都新宿区市谷加賀町1-1-1

ISBN978-4-596-71765-8 C0297

ハーレクイン・シリーズ 12月20日刊 発売中

ハーレクイン・ロマンス

愛の激しさを知る

極上上司と秘密の恋人契約	キャシー・ウィリアムズ／飯塚あい 訳	R-3929
富豪の無慈悲な結婚条件 《純潔のシンデレラ》	マヤ・ブレイク／森 未朝 訳	R-3930
雨に濡れた天使 《伝説の名作選》	ジュリア・ジェイムズ／茅野久枝 訳	R-3931
アラビアンナイトの誘惑 《伝説の名作選》	アニー・ウエスト／槙 由子 訳	R-3932

ハーレクイン・イマージュ

ピュアな思いに満たされる

クリスマスの最後の願いごと	ティナ・ベケット／神鳥奈穂子 訳	I-2831
王子と孤独なシンデレラ 《至福の名作選》	クリスティン・リマー／宮崎亜美 訳	I-2832

ハーレクイン・マスターピース

世界に愛された作家たち
～永久不滅の銘作コレクション～

冬は恋の使者 《ベティ・ニールズ・コレクション》	ベティ・ニールズ／麦田あかり 訳	MP-108

ハーレクイン・プレゼンツ作家シリーズ別冊

魅惑のテーマが光る
極上セレクション

愛に怯えて	ヘレン・ビアンチン／高杉啓子 訳	PB-399

ハーレクイン・スペシャル・アンソロジー

小さな愛のドラマを花束にして…

雪の花のシンデレラ 《スター作家傑作選》	ノーラ・ロバーツ 他／中川礼子 他 訳	HPA-65

文庫サイズ作品のご案内

◆ハーレクイン文庫・・・・・・・・・・・・・毎月1日刊行
◆ハーレクインSP文庫・・・・・・・・・・毎月15日刊行
◆mirabooks・・・・・・・・・・・・・・・・・毎月15日刊行

※文庫コーナーでお求めください。

12月26日発売　ハーレクイン・シリーズ 1月5日刊

ハーレクイン・ロマンス
愛の激しさを知る

秘書から完璧上司への贈り物 《純潔のシンデレラ》	ミリー・アダムズ／雪美月志音 訳	R-3933
ダイヤモンドの一夜の愛し子 〈エーゲ海の富豪兄弟 I〉	リン・グレアム／岬　一花 訳	R-3934
青ざめた蘭 《伝説の名作選》	アン・メイザー／山本みと 訳	R-3935
魅入られた美女 《伝説の名作選》	サラ・モーガン／みゆき寿々 訳	R-3936

ハーレクイン・イマージュ
ピュアな思いに満たされる

小さな天使の父の記憶を	アンドレア・ローレンス／泉　智子 訳	I-2833
瞳の中の楽園 《至福の名作選》	レベッカ・ウインターズ／片山真紀 訳	I-2834

ハーレクイン・マスターピース
世界に愛された作家たち
～永久不滅の銘作コレクション～

新コレクション、開幕！

ウェイド一族 《キャロル・モーティマー・コレクション》	キャロル・モーティマー／鈴木のえ 訳	MP-109

ハーレクイン・ヒストリカル・スペシャル
華やかなりし時代へ誘う

公爵に恋した空色のシンデレラ	ブロンウィン・スコット／琴葉かいら 訳	PHS-342
放蕩富豪と醜いあひるの子	ヘレン・ディクソン／飯原裕美 訳	PHS-343

ハーレクイン・プレゼンツ作家シリーズ別冊
魅惑のテーマが光る
極上セレクション

イタリア富豪の不幸な妻	アビー・グリーン／藤村華奈美 訳	PB-400

※予告なく発売日・刊行タイトルが変更になる場合がございます。ご了承ください。